● 가치 있는 책이다. 이 책 『하나님께 드리는 선물』은 우리에게 테레사 수녀의 발자취를 보여주고 있다.

　　– 가톨릭 트란스트 크립트 지

● 이 성스럽고 아름다운 책은 이웃을 사랑하는 모든 이들에게 감동의 원천이 되도록 봉사하기 위해서 테레사 수녀의 글 중에서 가장 감동적인 것만을 뽑은 삶의 기록이다.

　　– 인디아 익스프레스 지

● 이 책은 하나님을 아는, 하나님만을 위하여 살아가는 한 수녀의 모습을 밝힌 글이다. 처음부터 끝까지 읽고, 버려서는 안 될 책이다. 조금씩 깊게 읽어야 할 성서 같은 글이다.

　　– 씨스터즈 투데이 지

성녀

마더 테레사

하나님께 드리는 선물

성녀
마더 테레사
하나님께 드리는 선물

초판 인쇄 2024년 6월 15일
초판 발행 2024년 6월 20일

지은이 마더 테레사
옮긴이 전민식
펴낸이 홍철부
펴낸곳 문지사

등록 제25100-2002-000038호
주소 서울특별시 은평구 갈현로 312
전화 02)386-8451/2
팩스 02)386-8453

ISBN 978-89-8308-602-0 (03840)

값 15,000원

성녀
마더 테레사

하나님께 드리는 선물

A Gift for God
PRAYERS AND MEDITATION

마더 테레사 지음 | **전민식** 옮김

문지사

차례

차례

A Gift for God
Mother Teresa

테레사 수녀에 대하여

가난하고 병든 외로운 사람들의 어머니

테레사 수녀는 '임종의 집'을 차려 돌보는 이가 없어
외롭게 거리에 내팽개쳐져 죽어가는 이들을 데려다가
어머니처럼 재생의 길을 열어주거나 명랑한 웃음으로
하나님의 나라인 천국으로 돌아가게 돌보고 있습니다.
그녀가 이끄는 '사랑의 선교회'는
인도의 콜카타뿐만 아니라
전 세계 68개국에서 빈민들을 돕고 있습니다.
그녀의 봉사 정신을 기리며 뒤따르는
수녀 1,600여 명, 수사 180여 명
그리고 자원봉사자 10만여 명이
70개의 빈민 학교와 260개의 병원, 진료소
58개의 나환자 수용소, 32개의 임종의 집을 운영하고 있습니다.

그녀의 본명은 아그네스 곤히아 브약스히야
(Agnes Conxha Bejaxhiu)입니다.
1910년 8월 27일 유고의 스코프에서 태어났습니다.
13세 때, 이미 수녀가 되기로 결심했다는, 그녀는
18세 때, 아일랜드로 가서 로레토 수녀원에 들어갔습니다.
수녀가 된 그녀는 1928년 인도로 파견되어
콜카타의 성 아그네스 고교 교사로 지리 과목을 가르쳤습니다.
이 학교에서 20년 동안 봉직, 교장이 된 그녀는
어느 날 갑자기 학교를 떠났습니다.
"부유한 이들의 자녀를 가르치기보다 가난한 사람
외롭게 죽어가는 사람을 돌보는 게 나의 사명이라고
생각했습니다."라는 것이 퇴임의 말이었습니다.

한국에 있는 사랑의 선교회 분원의 원장
페터 울모(인도인, 한국명 : 문반석)는 이렇게 말했습니다.
"테레사 수녀님은 평안을 안겨주는 성자이십니다."
그녀의 하루 생활이 문 원장의 찬사를 뒷받침하고 있습니다.
"그녀는 매일 새벽 4시 30분에 기상하여
5시에 아침 기도를 한 후 5시 45분에 미사를 올립니다.
6시 30분 빵 한 개, 바나나 하나, 차 한 잔으로 아침을 먹고
임종의 집과 나환자 수용소를 순회합니다.
오후 7시 30분에 저녁을 들면
기도로 주님의 은총을 호소합니다.
그녀가 잠자리에 드는 시간은 오후 10시 30분
24시간 중 18시간을 봉사로 보낸 노수녀가

평화 속으로 돌아가는 시간입니다.
백인 같지 않게 검게 탄 피부와 5척이 될까 말까 한
단구의 테레사 수녀는 우리 농촌의 할머니 같은 모습입니다.
얼굴에도 깊게 팬 주름이 많습니다.
그러나 그녀는 암흑을 밝히는 빛입니다.
무명으로 된, 단 두 벌의 수녀복과 십자가,
안경, 물통, 시계, 구두 한 켤레가 그녀의 전 재산입니다.
그러나 그녀는 무한한 사랑의 힘을 갖고 있습니다."

천국에는 빈민가가 없다

웰컴 매거리지

이 작은 책은 테레사 수녀의 명언, 기도, 명상, 서신
그리고 강연 중에서 가장 대표적인 것들만 엄선한 글모음입니다.
그 내용은 신선한 향기를 간직하고 있습니다.
그것은 그녀의 존경자와 추종자들을 위한
참신한 헌신의 매뉴얼입니다.
그녀는 하나님의 사랑과 예배에 대한 말을 제외하고는
말이 적은 편입니다.
그녀의 말이나 글은 그녀의 깊은 심중에서 나온 것입니다.
알려진 바에 의하면 그녀는 강연해야 할 때, 그것을
시간을 내어 사전에 준비한 적이 없습니다.
그녀는 평소 교회에서
모든 것에 대해서 기도드립니다.
그것이 바로 그녀의 준비입니다.

어느 날 그녀는 외출하기 위해서 기다리고 있었습니다.
TV를 통해서 그녀를 알게 된, 어느 꽃 장수가 그녀에게
제비꽃다발을 안겨 주었습니다.
그때 그녀는 이렇게 말했다고 합니다.
"우리는 그리스도에게 꽃을 드려야 합니다."
그런 다음 그녀와 함께 교회로 가서, 그 꽃다발을
제단 위에 놓았습니다.
그것은 오늘날 같은 복잡한 세계 속에서 살고 있는
사람들에게 희망이 있다는 것을 보여주는 사건 중의
하나가 아닐 수 없습니다.
그녀의 말은 힘이 매우 강합니다.
그녀의 강연을 들은 적이 있는 청중은
너무나 잘 알고 있습니다.
그녀는 가난한 자들을 위하여
헌신적으로 봉사하고 있기 때문입니다.
그녀의 강연을 들으면 저절로 감동됩니다.
그녀의 메시지는 일관성이 있습니다.
그것은 신선하고 고무적입니다.
그녀는 언제나 진리를 말합니다.
어느 날 데레사 수녀는 유명한 프랑스의 생물학자이며
노벨상 수상자인 자케스 모노드 교수와 진 바닐과

TV 회담을 하게 되었습니다.

그녀는 모노드 교수가 인류의 미래 운명은

인간의 유전자에 달려있다고 강조했습니다.

당시 테레사 수녀는 머리를 숙이고 기도하고 있었습니다.

사회자가 인류의 미래 운명에 대한

그녀의 견해를 물었을 때

그녀는 머리를 들고 이렇게 말했습니다.

"나는 사랑과 동정심을 믿습니다."

테레사 수녀와 진 바닐이

간단명료하게 기독교 신앙을 설명했기 때문에

모노드 교수의 무신론은 난처하게 되었던 것입니다.

테레사 수녀는 재미있는 편지들을 많이 가지고 있습니다.

그 내용에는 웃음도 많이 담겨 있습니다.

그녀는 밤늦게, 혹은 기차나 비행기 안에서

가장 값싼 종이에다 글을 씁니다.

그녀가 가난한 자들을 사랑하는 이유 중의 하나는

그들이 부자들보다 더 많이 웃기 때문입니다.

실제로 부자들은 고독할 때가 많은 것 같습니다.

어떤 사람은 웃음을 금하고 있을 뿐만이 아니라

증오를 자행하고 있습니다.

그들은 셰익스피어 작품의 존왕같이 사리사욕만을

주장하는 불행한 자들입니다.

테레사 수녀는 웃음이란

모든 어려운 일들을 쉽게 처리한다는 것을

잘 알고 있습니다.

그녀는 웃는 얼굴은 기독교 사랑의 일부라고 주장합니다.

그리고 그녀는 사랑의 선교사들에게

중세의 거리를 거닐면서

항상 웃었던 성 프란시스와 그의 수도사들처럼

그들의 집에서 웃음소리가

항상 그치지 않도록 가르쳤습니다.

모든 성자에게는 웃음이 있습니다.

이렇듯 성자들이란

항상 웃음을 그치지 않는 사람을 의미합니다.

아름다운 음악과 진실한 웃음이 있는 천국에 속한 자들인데

어떻게 웃지 아니하겠습니까?

그들은 우주의 모든 게 웃음거리라는 사실을 알고 있습니다.

콜카타에서 보낸 테레사 수녀의 편지에는

그녀가 그곳에서 열병에 걸렸을 때의 초창기 경험이

담겨 있습니다.

"나는 비몽사몽간에 이 말을 들었습니다.

'천국에는 빈민굴이 없다.'"

어느 친구가 중병에 걸려

데레사 수녀에게 기도를 부탁했을 때

그녀는 이런 편지를 써서 보내주었습니다.

"당신의 이름은 벽에 적혀 있습니다.

나를 포함해서 우리의 집에 있는 모든 사람은

당신을 위해서 기도할 것입니다.

기도는 하나님에게 상달될 것이고,

당신은 완쾌될 것입니다.

그러나 당신은 항상

하나님이 계신 천국에 갈

만반의 준비가 되어 있어야 합니다.

그러면 당신이 그의 집 앞에 설 때

천국의 문을 열고 당신을 맞이하여

그와 영원히 동행하게 하실 것입니다.

만일 당신이 나보다 먼저 천국에 들어가면,

예수와 그의 어머니에게 나의 사랑을 전해주시길 바랍니다."

또 그녀는 라크노우에 사랑의 선교회 지부가 세워졌을 때

기공식 축사로 이렇게 말했습니다.

"올해 더위는 무척 심했습니다.

그러므로 우리의 라크노우 집은 강렬한 사랑 위에

건축되었다고 확신합니다.

우리는 하나님의 사랑을 전파하려면
먼저 우리의 마음속에 그것을 가져야 합니다.
라크노우에 있는 옛 영국의 공동묘지 자리에
수녀원이 있습니다.
그러므로 수녀들이 밤에 영국 민요를 부르면
여러분들은 그것이 어디서 울려 나오는지를
당장 알게 될 것입니다."
어느 날 테레사 수녀를 돕는 수녀들을 위해
우리 집에 와서 파티를 개최했습니다.
그때 그들은 매우 아름다운 목소리로
영국 민요를 불렀습니다.
그것은 라크노우 공동묘지에서 살고 있는
사람들의 목소리가 아니었습니다.
나는 그것이 어디서 울려 나왔는지
알고 있다고 생각합니다.
이 책 속에는 만인의 존경을 받는 테레사 수녀의
노래와 웃음의 메아리가 담겨 있습니다.

테레사 수녀가 쓴 책 『하나님께 드리는 선물』은

테레사 수녀의 업적과 그의 독특한 사랑의 선교회는
세계적으로 잘 알려져 있습니다.
테레사 수녀의 유일무이한 저서 『하나님께 드리는 선물』은
독자로 하여금 이 유명한 살아있는 성녀의
핵심적인 사상을 독파하게 합니다.
이 책은 테레사 수녀가 직접 자기의
강연록, 기도록, 묵상록에서 베스트만 엄선한 것입니다.
테레사 수녀는 알기 쉽게 그리스도의 사랑,
부드러운 기쁨, 그리고 깊은 소망과 온순한 믿음의
순간들을 맛보게 합니다.
콜카타의 시끄러운 거리들과 그곳의 배고픈 무리
아주 조용한 교회에서 하나님을 예배할 때
얻을 수 있는 평안이 이 책의 페이지들 속에
알알이, 싱싱하게 보존되어 있습니다.
『하나님께 드리는 선물』은 선한 일들을 하려고

남모르게 혹은 공개적으로 수고하는
모든 이를 위한 이상적인 격려사입니다.
동정심과 지혜가 들어 있는 이 책은
헌신과 봉사를 하지 않을 수 없도록 감동을 주고,
모든 종류의 상처들이 완치되도록 처방을 줍니다.
테레사 수녀는 1948년도에 콜카타의 빈민굴에서
사랑의 선교회를 창설한 후
그녀의 본격적인 선교지 인도는 물론, 미국을 포함해서
전 세계 25개 국가에서 버려진 사람들과 죽어가는 사람들을
내 형제 내 자매처럼 보살피고 있습니다.
테레사 수녀는 그녀의 위업들 덕분에
로마법왕 요한23세상을 비롯해서, 인도의 네루상,
그리고 죠셉 케네디로부터 효행상을 수상한 바 있습니다.
성녀 테레사 수녀에 대해서 노벨상 위원회는
이렇게 격찬했습니다.
"노벨상 위원회는 세계의 평화를 위협하는
가난과 불행을 감소시키기 위해서 분투하고 노력한 공로 때문에
테레사 수녀에게 노벨평화상을 주지 아니할 수 없었다."

테레사 수녀의 메시지 중에서
내가 가장 사랑하는 것은 다음의 기도입니다.

그리고 이것은 이 책 '기도를 사랑하라'에 담긴 내용입니다.

주여, 우리를 같이 있게 만드소서
우리가 가난과 굶주림 속에서
살다가 죽어가는 전 세계의 사람들에게
봉사할 수 있게 하소서.
우리의 손길을 통해서
이날에
그들에게 일용할 양식을 주소서.
불쌍히 여기소서
우리의 이해심 있는 사랑을 통해서
그들에게 평화의 기쁨을 주소서.

본서는 미국 굴지의 회사 하퍼 앤드 로우 출판사에서
1975년에 긴급 출판한 『A GIFT FOR GOD』를 옮겨
『하나님께 드리는 선물』이라고 책명을 정했습니다.
이 책의 후면에는 원문을 함께 첨부하였습니다.
원인은 영어 원문을 읽을 줄 아는 독자들을 위함이지
대역을 위함이 아님을 밝혀둡니다.
그리고 이 책의 출판을 위해서 아낌없이 격려해 준
도서 출판 금박(문지사)에 감사드립니다.

테레사 수녀가 쓴 책 『하나님께 드리는 선물』은

일독하면 새 각오를 다지게 될 것입니다.
읽고 도움이 되었다면, 당신의 사랑하는 사람들에게
읽기를 권하길 기원합니다.
그래야만 우리가 풍성한 삶을 살 수 있습니다.
진심의 부탁입니다.

옮긴이 전민식 씀

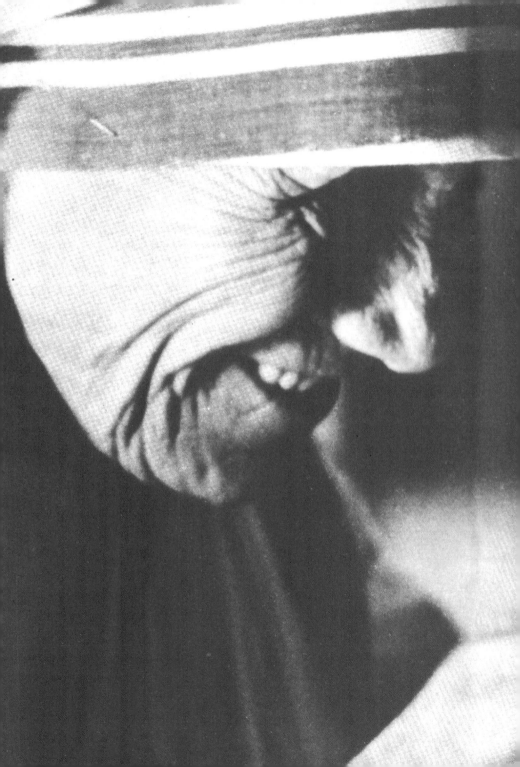

사랑은
가정에서 시작된다
Love begins at home

나는 오늘날의 세계가
매우 난잡하고
매우 고통을 받고 있다고
생각합니다.
그 원인은
가정과 가족들 사이에
사랑이 너무나 결여되어 있기 때문입니다.
우리는 우리의 자녀들을 위한
시간을 갖지 아니합니다.
우리는 서로를 위한
시간을 갖지 아니합니다.
우리는 서로 즐길 수 있는
시간을 갖지 아니합니다.
만일 우리가 나사렛에서 살았던
예수, 마리아, 그리고 요셉의 일생을 배운다면
만일 우리가 우리의 가정들을
또 다른 나사렛으로 만든다면,
나는 평화와 기쁨이
세계를 다스릴 것이라고 생각합니다.

✽

사랑은 가정에서 시작됩니다.

가정 안에는 사랑이 있어야 합니다.

그렇지 아니하기 때문에

오늘날 세계는

수많은 고통과

수많은 불행이 있습니다.

만일 우리가 예수께 귀를 기울이면

그는 과거처럼

우리에게 말씀하실 것입니다.

"내가 너희를 사랑한 것 같이

너희도 서로 사랑하라."

그는

고통, 즉 우리를 위한 십자가를 지고 죽음을 통해서까지

우리를 사랑하셨습니다.

그러므로 우리가 서로 사랑한다면

만일 그 사랑을

우리의 인생 속에

있게 하기를 원한다면

우리는

가정에서 시작하지 않으면 안 됩니다.

�֎

우리는
우리의 가정을
동정심과
끝없는 용서의 안식처로
만들지 않으면 안 됩니다.

❀

오늘날 모든 사람은
더 위대한 발전
더 위대한 풍성함을 위하여
광분하고 있습니다.
그래서 아이들은
그들의 부모와 함께 있는
시간이 별로 없습니다.
부모들도
서로를 위한 시간이
별로 없습니다.
그리하여
가정에서
세계 평화의 붕괴가 시작됩니다.

✤

서로를

충분히, 그리고 진실하게

사랑하는 사람들

그들은 세계에서 가장 행복한 사람들입니다.

그리고 우리는

가난한, 매우 가난한 사람 중에도

그런 사람들이 포함되어 있다는 것을

알고 있습니다.

그들은

그들의 자녀들을 사랑합니다.

그리고 그들은

그들의 가정을 사랑합니다.

그들은 가진 것이 별로 없을 수도 있습니다.

그러나 그들은

행복한 사람들입니다.

�

생명력 있는 사랑은
상처를 받습니다.
예수는
우리에 대한 사랑의 증거로써
십자가 위에서
죽게 되셨습니다.
어머니는
아이를 낳으려면
고통을 받지 않으면 안 됩니다.
만일
당신이 진실로 서로를 사랑하고 있다면
희생을
감수하지 않으면 안 됩니다.

믿음
Faith

❀
나는
나의 생명을
잃는 한이 있다고 해도
나의 믿음은
절대로
포기하지 아니할 것입니다.

�֍

믿음은
하나님께서 주신 선물입니다.
믿음 없이는
인생이
있을 수 없습니다.
그리고 우리는
열매를 풍성히 맺으려면
하나님께 영광을 돌리려면
아름다운 사람이 되려면
그리스도에 대한 믿음에 근거한
일을 해야 합니다.
그리스도는 이렇게 말씀하셨습니다.
"내가 주릴 때, 너희가 먹을 것을 주었고
목마른 때, 마시게 하였고
나그네 되었을 때, 돌보았고
옥에 갇혔을 때, 와서 보았느니라."
우리의 모든 일은
이러한 말씀에
근거한 것이어야 합니다.

❧

믿음이 결여되어 있는 것은
이기심과
지나친 탐욕 때문입니다.
그러나 참된 믿음은
사랑을 주는 것이어야 합니다.
사랑과 믿음은
함께 합니다.
사랑과 믿음은
서로 완성되도록
돕습니다.

오늘날
교회의 표면에서 일어나고 있는 일은
지나가 버릴 일입니다.
그리스도가 계심으로써
오늘이나 어제나 내일이나
교회는 항상 동일한 것입니다.
그리스도의 제자들에게도
공포와 불신
실패와 불충성이 있었습니다.
그렇지만 그리스도는
그들을 꾸짖지 아니하셨습니다.
그래서 이렇게 말씀하셨습니다.
"믿음이 적은 자여,
왜 두려워하느냐?"
나는 우리가
'지금부터라도
그리스도처럼'
사랑할 수 있기를 기원합니다.

✴

친애하는 친구여,

나는 지금

어느 때보다 더

당신을 이해하고 있다고 생각합니다.

나는 당신의 깊은 고통에 대하여

해답을 주지 못할까 두려워합니다.

왜 그러한지는 모릅니다.

그러나 당신도 니고데모와 같은 인간이므로

나는 이러한 해답은 가능하리라고 확신합니다.

"진실로 너희에게 이르노니

너희가 돌이켜

어린아이들과 같이 되지 아니하면

결단코 천국에 들어가지 못하리라."

만일 당신이 하나님의 손안에 있는

어린아이가 된다면

나는 당신이 모든 걸

아름답게 이해하게 되리라는 것을 확신합니다.

당신은 하나님과 동행해야 합니다.

그를 멀리하지 말고

모든 걸 맡기고

당신의 최선을 다하십시오.

하나님은

당신과 나를 극진히 사랑하시기 때문에

예수를 세상에 보내어 죽게 하셨습니다.

그리스도는 당신의

생명의 양식이 되시기를 갈망하십니다.

당신이 그 생명의 양식으로

둘러싸여 살기를 갈망하십니다.

만일 당신이 그를 믿지 아니하고 있다면

그것은 당신이 스스로 당신 자신을

가난하게 만드는 일입니다.

당신에 대한 그리스도의 사랑은 무한합니다.

어려움이라면

교회에 대한 당신의 사랑이

유한하다는 점입니다.

유한한 것을 무한한 것으로 극복하십시오.

그리스도가 당신을 창조하신 목적은

당신을 원했기 때문입니다.

나는 당신이

두려운 동경과 어두운 공허를

느끼고 있다는 것을 알고 있습니다.

그러나
그리스도는 항상 당신을 사랑하십니다.
나는 당신이
전에 이 시를 본 적이 있는지
알 수가 없습니다.
그러나 이 시는 나를
채워주기도 하고, 비워주기도 합니다.

나의 하나님, 나의 하나님
내가 무엇이길래 보살피시고
나의 마음에 넘치도록 풍성하게
당신의 사랑을 부어 주시나이까?

고통

Suffering

�֍

고통은
오늘날
전 세계에
날로 증가하고 있습니다.
사람들은
인간에게서 얻을 수 없는
어떤 아름다운 것
어떤 위대한 것에
굶주려 있습니다.
오늘날, 이 세상 사람들은
하나님을 목마르게 찾고 있습니다.
어디에서나 고통이 차 있습니다.
동시에
사람들은 서로를 위하여
하나님과 사랑을
목마르게 찾고 있습니다.

❈
사람들은
일용할 양식에 굶주리고 있고,
사람들은
사랑, 친절, 신중함에
굶주리고 있습니다.
그리고
이러한 크나큰 빈곤 때문에
사람들은
고통을 면치 못하고 있습니다.

�֎

고통
그 자체는 아무것도 아닙니다.
그러나 그리스도의 고난을 함께 나누는 고통은
하나님께 드리는
위대한 선물입니다.
인간의 가장 아름다운 선물은
그리스도의 고난에
참여하는 일입니다.
그렇습니다.
그리스도께서 주신
사랑의 선물이며, 사랑의 증표입니다.
왜냐하면 하나님이
세상의 사람들을
극진히 사랑하셨기 때문에
그의 독생자를 세상에 보내어
우리를 위하여
죽게 하셨기 때문입니다.

우리는
그리스도를 통해서
가장 위대한 선물은
사랑이라는 사실을
이해할 수 있습니다.
왜냐하면
그리스도께서 죄의 대가로써
고통을 감수하셨기 때문입니다.

�֎

그리스도 없이는
우리는 아무것도 할 수 없습니다.
그리고 제단에서 우리는
고통받는 사람
가난한 사람을
만날 수 있습니다.
또한 우리는
그리스도를 통하여
고통이야말로
더 위대한 사람과
더 큰 관용에 이르는
길이 될 수 있음을 알게 됩니다.

�֍

고통이 없이는
우리의 일은 예수 그리스도의 일이 아니며
구원받은 자의 봉사도 아닙니다.
그것은 단순한 사회사업이요
일반적인 단순한 선행이나 도움에 불과합니다.
예수는
우리의 인생
우리의 고독
우리의 고뇌
그리고 우리의 죽음을
잘 처리하도록 도움 주시기를 원하셨습니다.
그는 우리와 함께하심으로써만, 우리를 구원하십니다.
성경은 우리도 도움을 주는 자가 되라고 가르치십니다.
물질적으로 가난한 자이건
영적으로 궁핍한 자이건
인간은 누구나 구원받아야 합니다.
우리도 마땅히 그들과 함께함으로써만
그들의 생활 속에 하나님을 모시고
그들이 하나님께로 나아가도록
구원할 수 있는 것입니다.

❋
고통은
함께 받아들이고
함께 참아 낸다면
바로
기쁨입니다.

�֎

우리 동료 중에는
거의 아무 일도 할 수 없는
병자와 불구도 있습니다.
그래서 이들은
수녀나 수사를 한 사람씩 택해서
고통을 함께 나누고
기도를 해주고 있습니다.
덕분에 몸이 불편한 이들도
하나님의
일을 충실히 할 수 있는 것입니다.
이러는 가운데 두 사람은 일심동체가 되어
서로를 자기의 제2의 자아라고 부르게 됩니다.
내게도 이런 제2의 자아가 벨기에에 있습니다.
지난번 그곳에 갔을 때
그녀가 내게 말했습니다.
"수녀님께서 그토록 어려운 일을 하시느라
시련을 겪고 계심을 전 잘 알고 있어요.
제가 척추 수술을 받을 때 느끼는 그 커다란
통증 속에서 저는 수녀님의 고통을 함께 느끼지요."
그것은 그녀의 17번째 수술이었습니다.

하지만 내게 커다란 일이 주어질 때마다
하나님의 뜻을 실천할 수 있도록
힘과 용기를 주는 것은, 바로 그녀였습니다.
나의 제2의 자아 덕분에, 나는 지금
나의 일을 할 수가 있고
그녀도 가장 어려운 일을
나를 위해 하는 것입니다.

✖

고통을 받는 나의 친애하는 자매들과 형제들이여
우리는 하나님의 보좌 앞에 여러분들의 사랑을 상달시키고 있고
매일 우리는
여러분들, 아니 우리 서로의 영혼을 위하여
그리스도에게 간구하고 있다는 사실을 잊지 말아 주십시오.
우리 사랑의 선교단은
여러분들처럼 고통받는 자들이 있기에
할 일이 있는 것입니다.
그 점에 얼마나 감사해야 할지 모르겠습니다.
우리는 그리스도와 관계를 맺음으로써
서로가 부족한 것을 완성합니다.
희생의 생활이 곧 성찬배요
서약이 곧 성찬배입니다.
당신의 고통과 우리의 일은
청결한 마음 - 포도나무의 가지와 같습니다.
우리는 함께 같은 성찬배를 잡고 서 있습니다.
그리하여 영혼에 대한
불타는 갈증을 채울 수 있는 것입니다.

⁂

나는 나의 고통받는 형제자매들을 생각하면
일이 훨씬 쉬워지고,
더 성실하게 웃을 수 있다는 사실을 알았습니다.
예수께서는
여러분이 사랑과 희생의 기름으로
우리 생명의 등잔을
밝혀 주시도록 원하십니다.
여러분들은
그리스도의 고난을
소생시키고 있습니다.
여러분들은
상처받고
분열되고
고통에 찬 사람들입니다.
예수가 여러분들에게 오신 것처럼
여러분도 그분을 맞아들이십시오.

만일 우리의 가난한 사람들이 배가 고파서 죽게 되었다면
하나님이 그들을 보살피지 아니하셨기 때문이 아니라
당신과 내가 주지 아니했기 때문입니다.
우리가 하나님 사랑의 도구로써
빵을, 옷을 전하지 아니했기 때문입니다.
또한 그리스도께서
배고픈 사람처럼, 고독한 사람처럼, 집 없는 아이처럼
그리고 안식처를 찾는 불쌍한 사람처럼 분장하고 다시 오셨을 때
우리가 그를 알아보지 못했기 때문입니다.
하나님께서는 배고픈 사람, 앓는 사람
헐벗은 사람, 집 없는 사람 사이에
모습을 나타내십니다.
그뿐만이 아니라
사랑, 동정, 누군가의 사람이 되려는 배고픔
옷만이 아니라
미지의 사람에게는 거의 베풀지 않는
동정심과 친절에 대한 헐벗음
돌로 만든 집만이 아니라
당신을 불러 줄 사람이 없음에서
집이 없다는 뜻입니다.

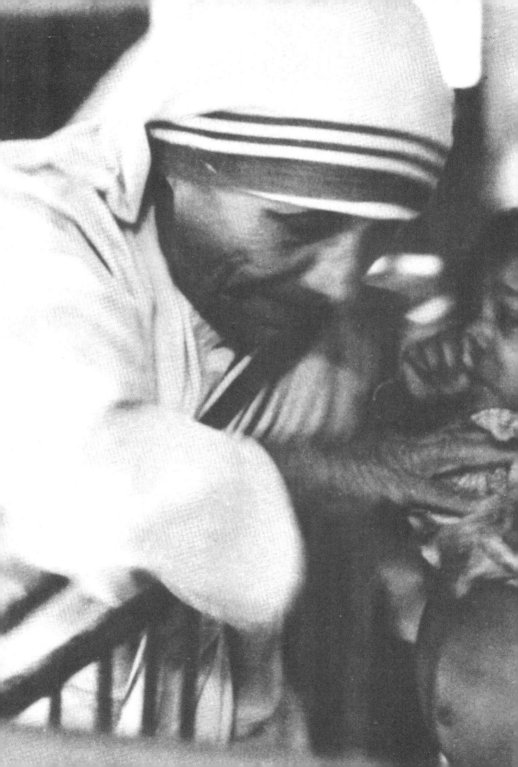

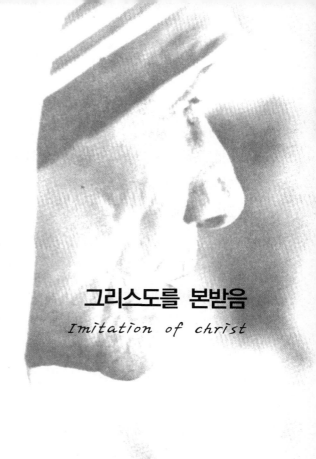

그리스도를 본받음
Imitation of christ

나의 사랑하는 자녀들이여
전심전력을 다하여 예수를 사랑합시다.
항상 웃으면서 살아갑시다.
고난 중에도 예수를 향하여 웃읍시다.
사랑의 선교회의 일원이 되려면
여러분은 명랑한 고난자가 되어야 합니다.
나는 여러분과 함께 있으니
얼마나 행복한지 모르겠습니다.
나의 선교회에 속한 수녀들처럼
여러분들도 나에게 속한 사람들입니다.
일이 어렵다고 생각될 때마다
나는 여러분 하나하나를 생각하면서
하나님에게 기도드립니다.
"하나님,
나의 고생하는 아이들을 불쌍히 여기소서.
일을 잘 감당할 수 있도록 도움을 주소서."
그러면 응답은 곧바로 나타납니다.
여러분도 아시다시피
여러분은 사랑의 선교회에 있어서
보물창고이며, 발전소입니다.

�֍

우리는
그리스도를 볼 수 없기에
우리의 사랑을
그에게 표현할 수 없습니다.
그러나 우리는 항상
우리의 이웃을 볼 수 있습니다.
만일 그리스도를 본다면
그리스도를 위해 해드릴 그런 일을
그래서 우리는
그 이웃에게 베풀 수 있는 것입니다.

오늘도 그리스도는

환영받지 못한 사람

실직한 사람

사랑받지 못한 사람

배고프고 헐벗고, 집 없는 사람들

사이에 계십니다!

그들은 국가나 사회에서

무익한 사람들로 보이기 때문에

아무도 그들에게

시간을 내지 아니합니다.

만일, 우리의 사랑이 진실한 것이라면

당신이나 나는

그리스도의 사랑에 보답하는

그리스도인으로서

그들을 찾아내어

도움을 주어야 합니다.

그 사람들은

찾아 주기를 기다리고 있습니다.

�֎

우리는 항상
일을 위한 일을 하지 아니하도록
조심해야 할 필요가 있습니다.
하나님과 그리스도를 위하여 일하는 곳에
존경과 사랑과
헌신적인 정신이 깃드는 것입니다.
그 때문에
우리는 가능한 한
아름답게 일하려 하는 것입니다.

❉
그리스도인들은
이웃들과
세상의 사람들을 위한
빛과 소금입니다.
만일 우리가
그리스도인이라면
우리는 그리스도처럼
헌신하지 않으면 안 됩니다.

만일 당신이
사려 깊게 살아가는
방법을 알게 된다면
당신은 더욱더
그리스도에게 가까워지는 것입니다.
그리스도가
온유한 마음으로
항상 다른 사람들을 생각하셨던 것처럼.
위대한 성자의 특징은 신중성입니다.
우리는
우리의 사명을
아름답게 완수하려면
타인들을 충분히 생각해야 합니다.
예수는 사방으로 왕래하시면서
선한 일들을 하셨습니다.
카나에서 성모 마리아께서는
타인들이 필요로 하는 것들을 생각하시고
그것을 예수께 말씀드렸던 것입니다.

그리스도인들은
살아 계신 하나님의 성소입니다.
하나님께서는
나를 창조하셨고
나를 선택하셨고
내 안에 거처하러 오셨습니다.
왜냐하면
그는 나를 원하셨기 때문입니다.
만일 당신이
하나님께서 당신을
얼마나 사랑하고 계시는가를
이해하고 있다면,
당신이
그 사랑을
여생 동안 사람들에게 자랑한다 해도
아주 자연스러운 일입니다.

❈

진정한 그리스도인이란
진정으로 그리스도를
주主로
구주救主로 영접하고
사람들에게
그리스도의 명령을 전하는
그리스도의 전권대사를 의미합니다.
우리는
사랑을 받은 자이므로
사랑을 주어야 합니다.
그리스도는
십자가 위에서도
우리를 사랑하셨습니다.
그러므로 우리는
서로 사랑해야 합니다.
그리고 우리는
타인들에게
아낌없이 도움을 주어야 합니다.

❃

그리스도는

"내가 주릴 때, 너희가 먹을 것을 주었다."라고 말씀하셨습니다.

이 말씀에는

빵이나 먹을 것에 대한 굶주림만이 아니라

사랑에 대한 굶주림의 의미가 포함되어 있습니다.

예수는 직접

그러한 고독을 경험하셨습니다.

예수가 그의 나라에 임하셨을 때

사람들은 그이를 영접하지 아니했습니다.

그 대신 그이를 끝까지 괴롭혔습니다.

오늘 밤도 많은 사람이

배고픔, 고독, 가난

푸대접, 미움 때문에

고생하고 있습니다.

그들도

고독했던 그리스도와 흡사한 사람들입니다.

고독, 그것은

진실로 견디기 어려운 굶주림입니다.

그리스도
사랑의 전달자
Carriers of christ's love

�֍

처음부터 우리는
사랑 선교회의 정신대로
살도록 노력합시다.
우리는
하나님께 모든 걸 맡겨야 하고
서로 사랑스럽게 신뢰해야 합니다.
그리고 우리는 모든 이들을
명랑하게 대해야 합니다.
그것이 바로
사랑 선교회의 정신입니다.
만일 우리가 진실로
이 정신을 영접한다면
분명히 우리는
그리스도의 참된 일꾼
그리스도 사랑의 전달자가 될 것입니다.
이 정신은
당신의 마음속으로부터 나와서
당신의 가족들, 이웃, 마을, 국가
그리고 전 세계에 전달되어야 합니다.
사랑과 친절

이해와 평화의 기금을 열심히 모금합시다.
만일 우리가
하나님의 나라와
그의 의를 먼저 구한다면
돈이 우리에게 들어올 것입니다.
그리고 우리에게 필요한 나머지도
우리에게 들어올 것입니다.

❀

나는
불친절과 증오를 통해서
기적을
일으키는 것보다
실수를
범하더라도
친절과 동정심의 사람이
되려고 합니다.

❀

우리가

진실로

사랑하기를 원한다면

먼저

우리는

용서하는 법을

배워야 합니다.

❀

만일 우리가
겸손하게 살지 아니한다면
우리는 사람들을
이해할 수도 없고
그들에게 효과적으로
도움을 줄 수도 없습니다.
아무리 작더라도
가난한 자들과
불행한 자들을 위한
모든 사랑의 행위는
예수로부터
칭찬을 들을 수 있는 일입니다.

✄

지도자들의 완벽한 지시를
기다리지 마십시오.
자발적으로
한 사람 한 사람에게
봉사하십시오.

우리 수녀는
빈민굴에서 일해야 할 그리스도의 일꾼이기 때문에
그들 수녀는
하나님과 우리 사랑의 선교회가
무엇을 기대하는지를 충분히 이해해야 합니다.
수녀들은
빈민굴에서 그리스도를 본받고
착실하게 맡은 바 책임을 완수해야 합니다.
수녀는 자기를 통해서
가난한 사람들이
그리스도에게로 나아가
그들의 마음과 가정 안에서
그리스도를 영접하도록 인도해야 합니다.
수녀는 자기를 통해서
병자들과 고난의 자들이
그리스도의 격려를 받도록 가르쳐야 합니다.
수녀는 거리에 나가면
아이들이 자기에게 매달리게 해야 합니다.
왜냐하면 그리스도는
어린아이들의 친구이시기 때문입니다.

�֍

우리에게는
청빈의 생활이
일 그 자체만큼이나 필요합니다.
천국에 가서야
우리는
가난한 사람들 때문에
우리가 하나님을 더욱더
사랑하는 사람이 되었다는 것을
발견할 것입니다.

성찬식(영성체)을 통하여
우리의 생명은 예수와 함께 됩니다.
그러한 의식을 통하여 얻은
믿음과 사랑은
가난한 사람 모습을 한
그리스도를 보게 합니다.
이 세상에는 오직 예수의 사랑밖에 없으며
가난한 이에게는 오직 그분뿐입니다.
우리는
참된 사랑으로 예수를 사랑하겠다는
순결의 서약을 하였습니다.
예수를 진실로 사랑하기 위하여
모든 물질적 욕심을 갖지 않겠다는
청빈의 서약을 하였습니다.
이 청빈의 서약이야말로
예수를 참된 마음으로 사랑하게 하며
이 참된 사랑의 서약을 통하여
우리는 예수에게
절대복종하게 되는 것입니다.
이 복종의 서약이 우리를

주고, 사랑받는 방법이 됩니다.
이 복종의 서약이
극빈자에게 전심전력으로 봉사하도록 합니다.
그리하여 우리는 그들과 한 묶음이 되고
아무것도 가진 것이 없으나
예수를 믿음으로써, 모든 걸 갖게 되는
성스러운 하늘나라에 의지하게 되는 것입니다.

교만이나
허영심을 버리고
일하십시오.
일은 하나님의 일이요,
가난도 하나님의 가난입니다.
당신 자신을
하나님 지도력 아래 두십시오.
예수의 뜻이
당신의 마음에 나타나고
예수의 일이
당신의 손에 나타납니다.
그리하여
그의 힘에 의지함으로써
당신도 전능하게 될 것입니다.

하나님이 주신 것이면
무엇이든 받아들이고,
하나님이 원하신 것이면
무엇이든 주십시오.
그렇게 함으로써
당신의 영혼 속에
하나님의 뜻이 이루어지게 하십시오.
참된 성스러움이란
웃으면서
하나님의 뜻을 행하는 일입니다.

�֍

하나님은
청결한 분이십니다.
불청결은 어떤 것이라도
그이 앞에 나아갈 수 없습니다.
그러나 나는
하나님이 미워하시리라고는
생각하지 아니합니다.
모든 실수
하나님으로부터 우리를 분리하는 모든 것
그리스도처럼 처신하지 못하게 하는 모든 것
모든 종류의 증오
모든 종류의 비행이
바로 불청결입니다.
만일 우리에게 죄가 가득하다면
하나님은 우리를
풍성하게 하실 수 없습니다.
왜냐하면 하나님이라도
이미 무엇이 가득한 곳에는
채우실 수 없기 때문입니다.
그러므로 우리는

우리의 안에 있는
불청결을 깨끗이 제거하려면
용서가 필요합니다.
그래야만 하나님은
우리 안에
가치 있는 것들을
채우실 것입니다.
왜냐하면
하나님은 사랑이고
우리의 흠과 죄에도 불구하고
우리를 사랑하시기 때문입니다.
그는 우리의 사랑스러운 아버지이시며
그러므로 우리는
회개하고 순종해야 합니다.
하나님은 미워하시지 아니합니다.
하나님은 사랑하십니다.
왜냐하면
사랑의 근원이기 때문입니다.
불청결은
우리가 하나님을 만나지 못하도록 하는
장애물입니다.

�֍

그리스도의 일꾼들은

사랑을

행동으로 주어야 합니다.

우리가 하는

사랑의 일은

평화의 일들입니다.

그러므로 우리는 매일

직장에서

가정에서

단독으로, 혹은 이웃과 함께

우리의 일을

열심히 해야 합니다.

�֎

당신의 사람들에게 계속 예수를 전하십시오.

말로만이 아니라 모범을 보이며, 예수와 동행하며

어디에서나 그의 성스러움을 전파하고

사랑의 향기를 펼쳐 보임으로써 예수를 알리십시오.

예수의 기쁨을 가지면 힘이 생길 것입니다.

행복과 평안한 사람이 되십시오.

그리스도가 주시는 것은 무엇이든지 영접하십시오.

그리고 그가 당신에게서 가져가시기를 원하는 것은

무엇이든지 활짝 웃으면서 드리십시오.

당신은 예수에게 속한 사람입니다.

예수에게 말씀드리십시오.

"나는 당신의 것입니다.

당신이 나를 어떤 상황에 놓이게 하시든지 간에

나는 당신의 것입니다."

예수를 당신의 희생자가 되게 하고

당신의 사제가 되게 하십시오.

✻

실제로 우리는
가난한 자들 사이에서
그리스도의 몸과 접하고 있습니다.
가난한 자들 사이에서
우리가 먹여주는 사람은
배고픈 그리스도이며
헐벗은 그리스도이며
옷을 입혀 주는 사람은
안식처를 제공해 준 사람은
집 없는 그리스도인 것입니다.
빵이 없어서 굶주린 것이 아니며
옷이 없어서 벗은 것이 아니며
벽돌집이 없어서 집이 없는 것이 아닙니다.
부자라도 사랑에 굶주려 있습니다.
동정을 받고 싶고
필요한 사람이 되고 싶고,
누군가의 '그대'가 되고 싶은 것입니다.

�֍

우리 인간은

그의 아버지에게 있어서

풀이나 새나 지구의 꽃들보다 훨씬 더 중요한 존재라고

예수 그리스도는 말씀하셨습니다.

그런 것들을 보살피시는 하나님이

그의 형상대로 창조한 인간을

보살피지 않으시겠느냐고 말씀하셨습니다.

하나님은

우리를 속이지 않으십니다.

왜냐하면

생명은 인간에 대한

하나님의 가장 위대한 선물이기 때문입니다.

그것은 하나님의 형상대로 창조되었기 때문에

그것은 그에게 속한 것입니다.

그리고 우리에게는

그것을 파괴할 권리가

하나도 없습니다.

❀

우리는 스스로

우리가 하는 일을

바다의 작은 물방울에 불과하다고 느낍니다.

그러나 만일

그 물방울이 대양에 들어가지 아니하면

대양은, 그만큼 작아지리라고 생각합니다.

나는 위대한 일만 하려고 하는 데는

찬성하지 않습니다.

우리에게 무엇보다 중요한 것은

개인입니다.

사람에게 사랑을 전하려면

우리는 그에게 가까이 나아가야 합니다.

만일 우리가

우리의 편이 많아지기를 바라기만 하고

어떤 대책을 강구하지 않는다면

우리의 편은 절대로 증가하지 아니할 것입니다.

그리고 또 우리는 어떤 사람에게도

사랑과 존경을

보여줄 수 없을 것입니다.

나는 개개의 사람을 믿습니다.

사람은 나에게 있어서
그리스도와 같습니다.
예수 그리스도는
오직 한 분밖에 안 계시기 때문에
그 순간에 그 사람은
오직 그 한 분이 됩니다.

✻

모든 수녀나 수사, 동료들이
더욱더 그리스도의 형상을 닮게 합시다.
오늘날의 세계 속에서
동정심과 인간성을
더욱더 발휘하게 합시다.
그리스도를 위한
당신의 사랑은
위대한 것이어야 합니다.
당신의 마음 안에서
항상 그리스도의 빛이
타오르게 하십시오.
왜냐하면
오직 그리스도만이
우리가 따라가야 할 길이기 때문입니다.
그는 활기차게 살게 하는
생명의 근원입니다.
그는 사랑하게 하는
사랑의 근원입니다.

�֍

우리는 단순한
사회 사업가가
되지 아니하도록
조심해야 합니다.
일을 위한 일은
하지 않도록 조심해야 합니다.
우리가 궁극적으로 누구를 위해서
봉사하고 있는가를
잊지 말아야 합니다.
우리의 일들은
그리스도를 위한
우리 사랑의 표현입니다.
우리의 마음 안에는 그를 위한 사랑이
가득히 채워져야 할 필요가 있습니다.
우리는 가장 가난한 자들에게까지
하나님을 위한 우리의 사랑을
표현해야 하기 때문입니다.
가난한 자 중에서도 가난한 자야말로
하나님에 대한 사랑을 표현하는 데에는
아주 자연스러운 수단이 됩니다.

어느 힌두교도는

그들과 우리는

사회사업을 하고 있다고 말했습니다.

그들과 우리의 차이점은

그들은 어떤 것을 위해서

그렇게 하고 있고

우리는 어떤 분을 위해서

그렇게 하고 있다는 것입니다.

우리는 봉사하면서 이런 경험을 가지게 되었지만

그런 아름다운 경험을

가지지 못한

사람들에게

그것을 전해야 합니다.

그것은 우리 일에 대한

위대한 보상 중 하나입니다.

�֎

하나님께서
사회 구조를 개조하라고
요구한다고 생각하는 사람이 있다고 해도.
그것은
그렇게 생각하는 사람들과
하나님 사이의 문제입니다.
우리는 명목이 뭐라고 하든지
그분을 섬겨야 합니다.
나는 한 사람 한 사람 돕고
가난한 사람들을 사랑하도록
부름을 받았습니다.
우리의 일은
사회 조직에 관한 것도 아니요
무엇을 판단하는 위치에
있는 것도 아닙니다.

인기, 그것은 나에게는 필요 없습니다.
그렇습니다.
나는 정말 그것이 필요 없습니다.
하나님의 일은
그의 방식대로 처리되어야 합니다.
그리고 그이는 분명히, 그이 나름대로
우리의 일이 알려지게 하는
방식과 수단을 가지고 계십니다.
사랑 수녀회에 함께한 수녀들이
전 세계 어느 곳에 가건 환영받고 있습니다.
사람 중에는
그들을 한 번도 만난 적이 없는 사람들도
포함되어 있습니다.
수녀들은 사람이 살기 어려운
혹은 존재하기 어려운 곳에서도 영접받았습니다.
그래서 하나님 스스로
이 일이 그분의 일임을 증거하시는 것이라고
나는 생각합니다.

❋

친절하고 자비로운 사람이 되십시오.

당신에게 찾아오는 사람은

누구나 더 좋게

그리고 더 행복하게 해드리십시오.

하나님의 친절을 생생히 표현하십시오.

당신의 얼굴에 친절이 있게 하고

당신의 눈에도 친절이 있게 하고

당신의 웃음 속에도 친절이 있게 하고

당신의 다정다감한 인사 속에도 친절이 있게 하십시오.

우리는

빈민굴의 가난한 사람들에게

친절을 보여주는 하나님의 빛입니다.

아이들에게, 가난한 사람들에게, 모든 고통받는 이들에게

그리고 외로운 이들에게

항상 행복한 웃음을 선사하십시오.

그들에게

당신의 온정이 깃든 보살핌만이 아니라

당신 마음의 정성까지도 들이십시오.

�֎

우리가 어떤 아이에게든지

도움을 제공할 때

미소가

우리의 입술에 있어야 합니다.

우리가 우정이나 약을

사람들에게 줄 때도 마찬가지입니다.

치료만 제공하는 것은

정말 잘못된 일입니다.

우리는

우리 마음 안에 있는

모든 정성을

다 제공해야 합니다.

정부 기관들도 다양하게 각계에서 원조하고 있습니다.

우리는 물질적인 도움 외에도

특별한 것을 사람들에게 주어야 합니다.

그것이 바로, 그리스도의 사랑입니다.

�

말은 거의 하지 마십시오.
전도하는 장소는
회합하는 장소가 아닙니다.
그렇다면
어떻게 하면 좋을까요?
빗자루를 들고
남의 집을 청소해 보십시오.
더 이상의 설명이 필요하지 않습니다.

❈
우리는 누구나
하나님의 일꾼입니다.
그러나 우리는
조금 일하고
지나가 버리는 일꾼입니다.

성모 마리아
our lady

✣

성모 마리아는
하나님의 어머니요
예수의 어머니요
우리의 어머니요
교회의 어머니이십니다.

성모 마리아는
전 세계의 어머니이십니다.
왜냐하면 천사가
그리스도의 어머니가 될 것이라는 소식을
그 좋은 소식을 전했을 때
즉시 주의 종이 되기로
동시에 우리의 어머니가 되기로
또 전 인류의 어머니가 되기로
작정했기 때문입니다.
성모 마리아는
인류의 희망입니다.

❊

성모는
우리에게 예수를 낳아주셨습니다.
기꺼이 예수의 어머니가 되심으로써
성모는
인류 구원의 중개자가 되셨습니다.

❁

성모 마리아는
예수의 십자가 밑에서
우리의 어머니라는 사실이
증명되었습니다.
왜냐하면
예수는 죽어 가시면서
그 일을 요한에게 맡기셨으며
요한은
그이를 여생 동안 보살폈습니다.
그 순간, 우리는
성모의 자녀가 되는 것입니다.

❈

성모 마리아의
가장 아름다운 선행의 하나는
성모의 생명 속에
예수가 들어왔을 때
엘리사벳에게 가서
그녀와 그녀의 아들에게
예수가 구주라는 사실을
알린 점입니다.
엘리사벳의 아이는
그리스도를 처음 알게 되었을 때
매우 기뻐했습니다.
성경에는 이렇게 기록되어 있습니다.
'보라, 네 문안하는 소리가
내 귀에 들릴 때
아이가 복 중에서
기쁨으로 뛰어놀았도다.'

예수께서
성모의 말씀을 들을 수 있었다면
우리도 또한
예수의 말씀을 들을 수 있다고
생각합니다.
십자가 밑에서
성모께서
그리스도의 고난을 나누셨다는 사실을
우리는 알고 있습니다.
기쁨과 평화를 주시기 위하여
성모께서는 우리의 생명 속에
또다시 오십니다.
우리를 하나님께로
되돌려 인도하시기 위하여…

�֎

나는 단지
하나님의 손안에 있는
조그만 도구에
지나지 않습니다.
우리의 주님과 성모께서는
세상의 모든 영광을
하나님 아버지께 드렸습니다.
그분들처럼
아주 보잘것없는 방법이지만
나도 모든 영광을
하나님 아버지께 드리고 싶습니다.

성모 마리아께 기구하여
우리도 예수 그리스도처럼
'온유하며 겸손한' 마음을
갖도록 해야 합니다.
교만해지고
조잡해지고
이기적으로 되기는
너무도 쉬운 일입니다.
그러나 우리는
더 위대한 일을 하도록
창조되었습니다.
우리는 성모에게서
얼마나 많은 것을 배울 수 있습니까?
성모께서는 모든 걸
하나님께 드릴 정도로 겸손하셨습니다.
성모께서는
우아함으로 가득한 분이십니다.
성모는 예수에게 말씀하셨습니다.
"그들에게 포도주가 없나이다.
그들은

겸손과 온유함의 포도주
친절과 단맛의 포도주를
원하고 있나이다."
그리고 성모께서는 분명히
"예수께서 명하시면
무엇이건 그대로 하라."
라고 말씀하실 것입니다.

풍성함

Riches

돈을 주는 것만으로는

만족하지 마십시오.

돈만으로는 충분하지 않습니다.

왜냐하면

돈은 우리가 필요로 하는 것 중에

일부만 만족시키는 것이기 때문입니다.

가난한 자들에게는

우리의 봉사 손길이 필요합니다.

그들에게는

우리의 마음속에서 나오는

사랑이 필요합니다.

그리스도의 종교는

사랑입니다.

그러므로 우리는

그의 사랑을

전파해야 합니다.

❇

어떤 사람들이
부유하게 살 수 있는 데는
이유가 있습니다.
그것은 그들이
부를 위하여 일했기 때문입니다.
나는 낭비를 볼 때
분노를 느낍니다.
어떤 사람들은
사용할 수 있는 것들을
버리고 있는 것입니다.

✄

부유한 사람
유능한 사람들이
가난한 사람들을 너무도 몰라서
걱정스럽습니다.
그러나 우리는
그들을 용서할 수 있습니다.
왜냐하면
앎은 사랑으로 인도하고
사랑은 봉사하도록 인도합니다.
부자들이
가난한 사람들을 도와주지 않는 것은
그들을 모르기 때문에
그러한 것입니다.

✳

부자들이
돈을 벌려고 노력하는 그만큼
나는
가난한 이들에게
사랑으로 봉사하려고 합니다.
나는 큰 재산을 모으려고
나병환자를 만지는 것이 아닙니다.
나는
하나님의 사랑을 위하여
그들을 치료하는 것입니다.

동정심

A geography of compassion

�֎

국가와 국가 사이에는
실제로
별로 차이가 없습니다.
그것은 당신이 언제 어디서나 만날 수 있는
사람들로
구성되어 있기 때문입니다.
그들은 외모가 다를 수 있고
의복이 다를 수 있고
교육이나 지위가
다를 수 있습니다.
그러나 그들에게는
공통점이 있습니다.
그들은 모두
사랑받아야 할
사람들입니다.
그들은 누구나
사랑을 갈망하고 있습니다.

�֍

내 영혼의
저 깊은 곳에까지
인도 사람들의
고뇌가 느껴집니다.

�֎

사리(인도의 예인들이 입는 옷)를 입으면

수녀들은 가난한 사람들 속에서 자기들도 가난하게 느껴집니다.

병든 이들이나 아이들, 노인들이나 의지할 데 없는 사람들과

같은 걸 느끼는 것입니다.

사랑의 선교회의 사람들은

옷 입는 방식에서도 세상에서 가장 가난한 이들과 같이합니다.

물론 인도에는

발전을 위하여 기술자나 경제학자도 필요하고

숙련공이나 의사나 간호사도 필요합니다.

계획적이고 조직적인 조처도 필요합니다.

그러나 우리는 언제까지나

그러한 계획이나 결과를 기다려야 할까요?

모르겠습니다.

그러나 그동안에도 사람들은 먹을 음식이 있어야 하고

살아야 하고, 치료를 받아야 하고, 옷을 입어야 합니다.

우리의 활동 영역은 현재 이 자리의 인도입니다.

필요한 일들이 아직도 있는 한

우리의 일은 계속될 것입니다.

우리는 콜카타의 거리에서
어느 날 한 젊은 남자를 데려왔습니다.
그 청년은 고등교육을 받았고
학위도 여러 개 가지고 있었습니다.
그는 나쁜 사람들의 손에 빠져
그의 여권을 도둑맞았던 것입니다.
얼마 후에, 나는 그에게 왜 가출했느냐고 물었습니다.
그때 그는
그의 아버지가 그를 원치 않았기 때문이라고 말했습니다.
"어릴 때부터 아버지는 나를 사랑하지 아니하고 미워했습니다.
그래서 나는 가출했습니다."
수녀들은 많은 기도를 드린 후에
그가 가정으로 돌아가서
그의 아버지를 용서하라고 가르쳤습니다.
이러한 행위는
그들 부자에게 함께 도움을 주는 것입니다.
이 이야기는
사랑의 결핍이 얼마나 크나큰 궁핍인가를
설명해 줍니다.

�֍

몇 주 전에, 나는
여러 날 동안 굶은 가족들이 있다는
소문을 들었습니다.
그들은 힌두교도들이었습니다.
그래서 나는 쌀을 좀 가지고
그들을 찾아갔습니다.
내가 어디에 와 있는지를 알기도 전에
곧바로 그 집의 어머니는
내가 가지고 간 쌀을
절반씩 갈라서
한쪽을 이웃에게 주었습니다.
그녀의 이웃은
모슬렘들이었습니다.
나는 그녀에게 물었습니다.
"당신의 가족들은 밥을 얼마나 먹게 될까요?
당신의 식구는 10명입니다."
어머니는 이렇게 대답했습니다.
"그들도 여러 날 동안 굶었답니다."
이 행위는, 참으로 위대한 행위입니다.

✺

콜카타에서 우리 사랑의 선교회에 속한

수녀들과 신부들은

사랑받지 못하거나

병들거나 죽어가거나 하는

매우 비참한 사람들을 위해서

심지어 나병환자들과

어린아이들을 위해서

일하고 있습니다.

그러나 나는 지금까지 25년 동안 일했어도

가난한 사람이

불평하거나 저주하는 것을

혹은 비참하게 느끼는 것을

한 번도 본 적이 없습니다.

나는 거리에서

구더기에게 다 먹힌 사람들을

데려온 적이 있습니다.

그는 우리의 보호를 받게 된 후에

이렇게 말했습니다.

"나는 지난날

거리에서 짐승처럼 살았습니다.

그러나 나는 지금
사랑과 보호 속에서
천사처럼 죽게 되었습니다."
그는 실제로 천사처럼 죽었습니다.
그것은 진실로 아름다운 죽음이었습니다.

어떤 처녀가
인도 밖에서
사랑의 선교회에 가입하기 위해
찾아왔었습니다.
우리의 규칙에는
새로운 봉사자는, 다음 날부터
곧바로 임종의 집으로 가서 일해야 합니다.
그래서 나는 그 처녀를 향해서
이렇게 말했습니다.
"당신은
예배를 통하여 하나님을 보았고
하나님은 구주로서
예수를 어떻게 사랑했고
돌보았는지를 알았습니다.
임종의 집에 가면
당신도 그렇게 해야 합니다.
가난한 이들의 못 쓰게 된 육체에서
당신은 예수를 보게 될 테니까요."
그러자 그녀는 나의 충고를 따랐습니다.
3시간 후에 신입생이 나에게 찾아와

활짝 웃으면서 이렇게 말했습니다.

나는 그렇게 멋진 웃음은

과거에는 한 번도 본 적이 없었습니다.

"테레사 수녀님,

저는 3시간 동안 그리스도의 몸을 돌보았습니다."

나는 그녀를 향해서 이렇게 물었습니다.

"어떻게 일했죠?"

그녀는 이렇게 대답했습니다.

"제가 도착했을 때,

사람들은 혼수상태에 빠진 사람을

데리고 와서

내려놓았습니다.

그 사람은 상처, 오물, 구더기에 덮여 있었습니다.

저는 즉시 그를 깨끗이 씻겼습니다.

저는 그 일이

그리스도의 몸을

돌본 거라 여겼습니다."

❈

어떤 사람들이
콜카타에 왔다가 떠나기 전에
나에게 부탁했습니다.
"우리의 인생을 더 아름답게 살도록 만드는
비결을 가르쳐 주세요."
그때 나는 이렇게 말했습니다.
"서로 웃으세요.
당신의 아내를 향해서 웃으세요.
당신의 남편을 향해서 웃으세요.
당신의 아이들을 향해서 웃으세요.
서로 웃으세요.
상대가 누구건, 그것은 상관없습니다.
웃음은 서로 사랑 속에서
성장하도록 돕는 것입니다."
그 말을 듣고
그들 중 한 명이 이렇게 물었습니다.
"결혼하셨습니까?"
그래서 나는 이렇게 대답했습니다.
"예. 나는 때때로 예수를 향하여 웃기가 어렵더군요."
사실입니다.

예수께서는 많은 것을 요구하시고
또한 너무나 많은 것을 요구하시기 때문에
그 일을 향하여 크게 웃는다는 것은
매우 아름다운 일입니다.

❧
나는
인도에 있는
우리 임종의 집들을
순회하기 위해서
기차를 이용합니다.
나는 기차로 여행할 때마다
예수와
아름다운 시간을 보냅니다.

피난민 캠프의 고통은
매우 극심합니다.
그것은 그리스도가
다시 십자가에
못 박히시는 것 같은
거대한 갈보리처럼 보입니다.
도움이 절실히 필요합니다.
그러나 용서가 없다면 평화도 없습니다.
벨파스트(북아일랜드의 수도)에서나
다른 어떤 전쟁터에서도 그렇습니다.

✻

오스트레일리아의 멜버른에는

의지할 곳 없는

알코올 중독자들을 수용하는 집이 있습니다.

그곳에 수용된 자 중에

한 사람이 다른 사람에게 깊은 상처를 입혔습니다.

나는 그것을

경찰관이 해결해야 할 문제라고 생각한 나머지

실제로 경찰관을 불러오게 하였습니다.

경찰관이 그 사람에게 물었습니다.

"당신에게 상처를 준 자가 누구죠?"

그는 거짓말을 늘어놓았습니다.

그는 사실을 말하지 않고

그를 괴롭힌 사람의 이름을 밝히지 않았습니다.

경찰관은 헛수고만 하고 돌아갔습니다.

우리는 그 사람을 쳐다보면서 물었습니다.

"당신에게 상처를 준 사람의 이름을

왜 경찰관에게 밝히지 아니하셨죠?"

그때, 그는 나를 똑바로 보면서

이렇게 말했습니다.

"그 사람에게 고통을 준다 해도

제 고통은 줄어들지 않습니다."
그는 자신을 학대한 그의 형제들 이름을
끝까지 밝히지 아니했습니다.
이 사람이 가지고 있는 사랑이야말로
얼마나 아름답고 위대합니까?
이것이야말로 사랑의 기적이며
가난한 이들 사이로 영국까지 퍼져 나갈 것입니다.

�֎

나는 멜버른에 살고 있던

한 노인을 방문한 적이 있는데

아무도 그를

사람 취급을 하지 않는 것 같았습니다.

나는 그의 방을 보았습니다.

그것은 처참한 상태였습니다.

나는 방을 청소하려고 했습니다.

그러나

그 노인은 이렇게 말하며

막무가내로 말렸습니다.

"그대로 두세요. 상관없습니다."

나는 말을 한마디도 하지 않았습니다.

결국 그는

방을 청소하도록 허락했습니다.

그의 방에는

아름다운 램프가 하나 있었습니다.

그것은 수년 동안 청소를 하지 아니했기 때문에

먼지로 덮여 있었습니다.

나는 그를 향해서 물었습니다.

"왜 램프에 불을 켜지 않죠?"

그는 이렇게 말했습니다.

"누구를 위해서요?

나에게 찾아오는 사람은 하나도 없습니다.

나에게는 램프가 필요 없습니다."

"수녀가 당신을 만나러 온다면

램프에 불을 켜시겠습니까?"

"예, 인간의 목소리가 들린다면,

그렇게 하겠습니다."

그 후 어느 날

그는 나에게 이런 소식을 보내왔습니다.

"나의 친구를 만나면

나의 생명 속에 밝혀 준 빛이

아직도 타오르고 있다고 전해주세요."

✂

수개월 전에 우리는

멜버른의 거리에서

구타를 당한 한 남자를 데려온 일이 있습니다.

그는 그 마을에서 수년 동안

알코올 중독자 생활을 했던 사람이었습니다.

수녀들은 그를

사랑의 집으로 데리고 와서, 사랑으로 보살폈습니다.

그러자 그는 깨닫게 되었습니다.

"하나님은 나를 사랑하신다!"

얼마 후에 그는 사랑의 집을 떠나게 되었습니다.

그다음부터 그는 전혀 술을 마시지 않고

그의 가정으로 돌아가

그의 아이들을 보살피고, 직장도 갖게 되었습니다.

그는 첫 봉급을 받은 후에

수녀들을 찾아와서 돈을 주면서 이렇게 말했습니다.

"나에게 하나님의 사랑을 가르쳐 주셔서

대단히 감사합니다.

타인들에게도 그것을

계속 가르쳐 주시기를 기원합니다."

수녀들은
뉴욕에서도
잡무를 처리하고 있습니다.
아이들에게 도움을 주고 있고
외로운 자를 방문하여 위로하고
병자들과 천대받는 사람들을 방문하여
그들의 고통을 덜어주고 있습니다.
이제 우리는
천대받는 것은 가장 견디기 어려운
질병과 같은 것임을 알고 있습니다.
그것은 우리의 주위에서 종종 찾아볼 수 있는
일종의 가난입니다.
수녀들이 어떤 집을 방문했을 때
홀로 살고 있던 한 여자가
여러 날 전에
죽은 채 방치되어 있었다는
사실을 발견했습니다.
그녀의 시체가 썩는 냄새 때문에
그것이 알려진 것입니다.
주위에 살던 사람들은

그녀의 이름을 알지 못했습니다.
어느 사람이 나를 향해서
수녀들은 큰일을 시작하지 아니하고
작은 일들만 조용히 하고 있다고 말했을 때
나는 그를 향해서 한 사람에게라도 착실하게
도움을 주는 것이 중요하다고 말했습니다.
예수께서도 한 사람
한 죄인을 위해서 죽었습니다.

✼

아디스아바바에서

왕실 장관이 몇 가지 심각한 질문을 던진 적이 있습니다.

"정부가 무엇을 해주기를 원하십니까?"

"아무것도 해주실 필요가 없습니다.

나는 수녀들이 고통받는 가난한 사람들과 함께

일할 수 있도록 부탁하기 위해서 여기에 왔습니다."

"당신네 수녀들은 구체적으로 무엇을 합니까?"

"우리는 전심전력을 다해서

가난한 사람들에게 무상으로 봉사해 드리고 있습니다."

"그들은 어떤 자질을 가지고 있습니까?"

"우리는 천대받고 있는 사람

사랑받지 못하고 있는 사람들에게

부드러운 사랑과 동정심을 안겨주려고 노력 중입니다."

"당신은 설교를 통해서 사람들을 개종시키려고 노력합니까?"

"우리가 행하는 사랑의 행위를 통하여

가난한 이들에게

하나님의 사랑이 자기들을 위한 것이라는 점을

제시하여 줍니다."

나는 영국이 복지국가라고 생각합니다.
그러나 나는
밤에 영국의 가정을 방문해 보고
이곳에도 사람들이
사랑의 결핍 때문에
죽어가고 있다는 사실을 발견했습니다.
이곳에는 다른 성질의
가난이 산재해 있습니다.
즉, 고독이나 멸시와 같은 영혼의 가난입니다.
그것은 결핵이나 나병과는 다른 것이지만
그러나 그것은 오늘날 세계를 좀먹는
일종의 질병이라는 사실을
아무도 부인하지 못할 것입니다.
나는 영국이
진실로 누가 가난한 자인가를
더욱 알아두어야 할 필요가
있다고 생각합니다.
영국 사람들은
가난한 이들에게 마음을 주고
봉사의 손을 주어야 합니다.

가난한 이들을 이해하지 못한다면
아무 일도 할 수 없을 것입니다.
앎은 사랑으로 인도됩니다.
사랑은 봉사의 정신으로 이루어집니다.

�:

영국뿐만이 아니라 콜카타, 멜버른
그리고 미국의 뉴욕에도
외로운 사람들이 많이 있습니다.
우리는 그들의 집 호수밖에 모릅니다.
왜 우리는 그들과 함께하지 못합니까?
다음 문간에, 어떤 사람이 있는지
살펴본 적이 있습니까?
만일 당신의 이웃에 가난한 맹인이 있어
그에게 신문을 읽어준다면
그는 행복을 느낄 것입니다.
만일 당신의 이웃에
아무도 방문하지 않는 부자가 있다면
그가 파묻힐 정도로 많은 재산을 가진 자라고 해도
당신이 그에게 찾아가서 대화를 나눈다면
그는 기뻐할 것입니다.
얼마 전에 한 부자가 나에게 찾아와서
나에게 이렇게 말했습니다.
"제발, 당신이든지, 다른 사람이든지
우리 집을 방문해 주시기를 바랍니다.
나는 눈이 반쯤 멀었습니다.

그리고 나의 아내는 거의 정신이상에 가깝습니다.
우리의 아이들은 다 외국에 있습니다.
우리는 고독 때문에 죽을 지경입니다.
우리는 사랑스러운 인간의 목소리를
그리워하고 있습니다."
돈을 주는 것만으로는 만족하지 마십시오.
돈만으로는 충분하지 않습니다.
그 외에도 인간에게는
당신의 마음속에서 우러나오는
진실한 사랑이 필요합니다.
그러므로 가는 곳마다
사랑을 뿌리십시오.
우선 당신의 가정에 사랑을 뿌리십시오.
당신의 아이들에게 사랑을 주십시오.
그리고 당신의 아내 혹은 당신의 남편에게
그리고 당신의 이웃에게도
사랑을 주십시오.

✼

슈레이나 슈섹스에서
사랑의 선교회에 속한 사람들이
어떻게 일하고 있는지 궁금하실 것입니다.
분명히 말해서
그러한 지역에 있는 교회의 당면 문제는
콜카타나 예멘이나 다른 어떤 곳보다 더 어려울 것입니다.
거기 사람들도 상처를 싸매 주어야 하고
밥을 주어야 하고
사랑하는 사람의 포옹이 필요합니다.
슈레이와 슈섹스의 사람들에게도
낙담시킬 정도의 난제들이 있습니다.
그러한 난제들이
표면화되고 나서 도와주기보다는
먼저 여러분을 알게 하고, 믿게 하고
여러분이 그리스도의 사랑을 전달하는 사람이라는 걸
깨닫게 해야 합니다.
물론 많은 시간이 필요하겠지요!
그들을 위하여 기도할 시간
그들 모두에게 당신 자신을 바치는 데에
필요한 시간 말입니다.

하나님의 봉사자
Willing slaves to the will of god

"네 마음을 다하고
목숨을 다하고
뜻을 다하여
주, 너의 하나님을 사랑하라."
이것은 하나님의 계명입니다.
그는 불가능한 것을 명령하실 수 없습니다.
어느 때나 사랑은 제철 만난 과일과 같고,
누구나 손으로 따서 가질 수 있는 것입니다.
누구라도 따서 모을 수 있고,
아무런 제약도 있을 수 없습니다.
명상을 통하여
기도의 정신을 통하여
희생을 통하여
그리고 강렬한 내적 생활을 통하여
누구라도 이러한 사랑을 가질 수 있습니다.

우리는 아무런 제약 없이
사랑할 수 있습니다.
왜냐하면
하나님은 곧 사랑이요
사랑은 곧 하나님이시기 때문입니다.
그리고 하나님의 사랑은 끝이 없습니다.
그러나 부분적인 사랑
일부분만 주는 사랑은
상처를 입습니다.
그래서 우리는
얼마나 많이 행하느냐가 아니라
우리의 행위 속에 얼마나 많은 사랑을
품고 있느냐가 중요한 것입니다.
우리는 선물 속에
얼마나 많은 사랑을 담아 보냅니까!
사랑을 줄 줄도, 받을 줄도 모르는 사람들
- 아마도 부자들이겠지요. -
그런 사람들이야말로 세상에서
가장 가난한 사람들입니다.
그래서 나는 사랑을

우리 수녀들이 행하는 일
아무런 조건 없이 하나님께 자기 자신을 바치는
종교인들에게서나 볼 수 있을
그런 기쁨을 전파하는 일을
사랑이라고 생각하는 것입니다.

우리의 일은
우리가 하나님을 위하여 가지고 있는
사랑의 표현에 불과합니다.
우리는 인간에게
우리의 사랑을 쏟아 주어야 합니다.
그 사람들은 하나님을 위하여
우리의 사랑을 표현하는 도구입니다.

우리는 하나님을 발견할 필요가 있습니다.
그러나 도움과 불안정 속에서는
발견되지 아니합니다.
하나님은 고요의 친구이십니다.
나무나 꽃들이나 풀과 같은 자연물은
고요 속에서 자랍니다.
별이나 달이나 해도 고요 속에서 움직입니다.
빈민굴에 있는 가난한 이들에게도
하나님을 안겨주는 것이
우리의 사명이 아닐까요?
죽은 하나님이 아니라 살아 계시며 사랑하시는
하나님을 전파해야 합니다.
침묵 속에 기도해서
우리가 많이 받으면 받을수록
우리의 실생활에서는
더 많은 것을 줄 수가 있습니다.
우리는 영혼과 접하기 위하여
고요가 필요합니다.
본질적인 것은 우리가 말하는 바가 아니라
하나님께서 우리에게

우리를 통하여 말씀하신 바 그대로입니다.
내면에서 우러나오는 말이 아니면 쓸모가 없습니다.
그리스도의 빛을 안겨주지 아니하는 말은
어둠을 증가시킬 뿐입니다.

하나님의 위대한 사랑을 보이기 위하여
우리의 이웃에게
위대한 일을 할 필요는 없습니다.
하나님을 위하여
'아름다운 것'을 바친다는 말은
우리의 행위 속에
얼마나 많은 사랑을 간직하고 있느냐
하는 말과 같습니다.

❊

우리의 일을 방해하는
크나큰 장애물은
우리가 아직 성자들이 아니라는
사실입니다.
그래서 우리는
그리스도의 사랑을
만족스럽게 전파하지 못하고
있는 것입니다.
그 때문에
이곳저곳 봉사 여행을 하면서도
우리는 큰 슬픔을 느낍니다.

�֍

아빌라^{Avila}의 성 테레사라고요?

오, 아닙니다!

나는 그처럼 위대한 사람이 아닙니다.

나는 보잘것없는 리지외^{Lisieux}의

테레사에 불과한 사람입니다.

�֍

우리가 거룩하게 전진할 수 있다면
그것은 하나님과 우리 자신에게 달려있습니다.
하나님의 은혜와
거룩하게 되려는 우리의 의지에 달린 것입니다.
성스러움에까지 도달하려면
참된 인생의 목표를
가지지 않으면 안 됩니다.
'나는 성자가 되겠다.'라고 말하는 경우
그것은 하나님이 아닌, 모든 걸
나 자신으로부터 제거하겠다는 의미입니다.
모든 세속적인 피조물에서
나의 마음을 분리하겠다는 의미이며
가난과 초연함으로 살겠다는 의미이며
의지력이나 지향이나 변덕스러운 마음이나
공상이나 환상을 모두 떨쳐버리고,
나 스스로 하나님의 뜻에 따라
자발적으로 일하는
시종이 되겠다는 의미입니다.

기도를 사랑함
Love to pray

주여!
우리가 가난과 굶주림 속에서 살다가 죽어가는
전 세계의 사람들에게 봉사할 수 있게 하소서.
우리의 손길을 통해서
이날에 그들에게 일용할 양식을 주소서.
불쌍히 여기소서.
우리의 이해심이 있는 사랑을 통해서
그들에게 평화와 기쁨을 주소서.

❀

극진히 사랑하는 주여!
저희가 오늘만이 아니라, 매일
당신의 병자들을 보살피는 동안에
당신을 만나게 하소서.
저희가 주님을 섬기게 하소서.
초조한 사람들
억압받는 사람들
분별없는 사람들처럼
주님께서는
보기 싫은 모습으로 숨어 계시노나
저희는 주님을 알아보옵니다.
"예수님
우리의 환자시여
그대에게 봉사하는 것이
얼마나 황홀한 일인지요."

주여!
저에게 크나큰 믿음을 주소서.
그러면 저의 일이
절대로 단조롭지 않게 될 것입니다.
가난하고 고통받는 모든 이들에게
꿈과 희망을 채워주는 일로
저희는 기쁨을 갖겠습니다.

�֍

오, 귀여운 나의 병자여.
그대가 그리스도의 화신일진대
나에게 얼마나 사랑스러운지요.
내가 그대를 치료할 수 있게
허락해 주심이 얼마나 명예로운지요.

내가 가장 아끼는 주여!
나의 고귀한 사명과
그에 따른 책임의 존엄성에 대하여
감사하게 하소서.
냉소나 불친절이나 초조감 때문에
그 존엄성을 잃지 않게 하여 주소서.

오, 하나님.
당신은 예수이시며
환자이시며
황송하게도 저의 환자 예수가 되어
저의 잘못을 참아 주시고
병든 이들 하나하나를 통하여
당신을 사랑하고
당신을 경배하는
저의 마음을 보시나이다.
주여,
저의 신앙심을 높여주소서.
지금, 그리고 영원토록
저의 노력과 일에 축복을 내려주소서.

�֎

주여!

우리가 당신이 십자가에 못 박히심과 부활을 모범 삼아

매일 생활 속에 생기는 그 은혜와 갈등을 이기고

더 풍성하게, 그리고 더 창조적으로 살게 하소서.

당신은 지상에 계실 때

십자가의 고통과 순환을 참으신 것처럼

인간 생활의 좌절을 묵묵히 받아주셨습니다.

우리 앞에 하루하루 늘어나는

고통과 갈등을 받아들일 수 있도록 도와주시고

더욱 주님처럼 될 수 있도록 도와주소서.

주님께서 우리를 도와주시리라 믿사옵니다.

저희가 참을성 있게, 용기 있게

고난을 헤쳐 나갈 수 있게 하여 주소서.

저희 자신과 자기중심적인 욕망을

수시로 죽임으로써

더 충만한 생을 누릴 수 있다는 것을 알게 하소서.

주님과 함께 죽는 것이

바로 주님과 함께 일어서는 것입니다.

✾
병원에서 우러나오는 기도가 없이는
직접적으로
사도의 임무에 참여할 수가 없습니다.
그리스도께서
하나님 아버지와 한 몸이라는 걸 아셨듯이
우리도
그리스도와 한 몸이라는 걸 알아야 합니다.
우리 안에서, 우리를 통하여
그리스도께서
그의 권능과 그의 희망과 그의 사랑을
펴실 수 있도록
우리가 허용하지 않는다면
우리의 행동이
사도의 사명을 다한다고는
할 수 없습니다.

✄

우리는 성스러워져야 합니다.
우리가 성스러움을 느끼기 위하여서가 아니라
그리스도의 생명을
우리 속에 충만케 하기 위해서입니다.
우리가 섬기는
그 가난한 이들을 위하여
우리는 스스로가
완전한 사랑
완전한 믿음
완전한 순수의 인간이
되지 않으면 안 됩니다.
일단 우리가 하나님을 찾아
그분의 뜻을 알고 난 다음에는
우리의 가난한 일들과의 만남이
우리 자신에게나
타인에게나
위대한 고결성을 펼치는
수단이 됩니다.

✖

기도하기를 사랑하십시오.
하루 중 어느 때라도
기도의 필요성을 느끼십시오.
그리고 기도할 때
당신의 고민을
하나님께 말씀드리십시오.
하나님 자신의 고귀한 선물을
품을 수만 있다면
기도는 마음을 크게 해줍니다.
당신이 간구하면
당신의 마음은 하나님을 받아들이고
하나님을 당신의 안에
간직할 수 있을 만큼
성장해 갈 것입니다.

예수를 우리 생명 속에
맞아들임으로써
포도나무인 예수의
진실한
열매 가득한 가지가 됩시다.
그리하면 예수께서는
우리의 가족이나
우리의 이웃 사이에
다음의 모든 걸 가지시고
전하여져야 할 - 진리로서
기꺼이 오십니다.

살아가야 할 - 생명으로서
비추어져야 할 - 빛으로서
사랑받아야 할 - 사랑으로서
걸어가야 할 - 길로서
주어져야 할 - 기쁨으로서
퍼져 나가야 할 - 평화로서
제공되어야 할 - 희생으로서

�֎

성찬식에서 우리는
빵의 모습을 하신
그리스도와 만납니다.
우리는 일을 하면서
피와 살의 모습을 하신
그리스도를 봅니다.
그와 같은 분이 그리스도이십니다.

예배는
나의 생활 속에서
단 하루도
단 한 시간도 없어서는 안 될
영적인 양식입니다.
우리는 예배 시간에
빵의 모습을 하신 그리스도와 만나고
빈민가에서는
찌그러진 육체와
버려진 어린이의 모습을 한
그리스도를 만나고
치료합니다.

기쁨

Joy

기쁨은 기도입니다.
기쁨은 힘입니다.
기쁨은 사랑입니다.
기쁨은 영혼을 낚을 수 있는
사랑의 그물입니다.
하나님은
기꺼이 주는 자를 사랑하십니다.
기쁨으로 주는 자가
가장 많이 주는 자입니다.
하나님과 사람들에게
감사를 표현할 수 있는
최선의 길은
모든 걸 기쁨으로
영접하는 것입니다.
기쁨이 가득한 마음은
필연적으로
사랑으로 불타는 마음입니다.
당신의 마음 안에
부활하신
그리스도의 기쁨을 잊지 않도록

당신의 가슴을
슬픔으로 가득 채우는
일이 없도록 하십시오.
우리는 누구나
하나님이 계신 천국을
동경하고 있습니다.
그러나 우리는 지금
우리 수중에
하나님이 계신 천국을 가져야 하며
바로 이 순간에
하나님과 함께
행복을 같이 해야 합니다.
그러나
그리스도와 함께하는 행복이란
그가 사랑하신 대로 사랑하는 것이며
그가 도움을 주신 대로 도움을 주는 것이며
그가 주신 대로 주는 것이며
그가 봉사하신 대로 봉사하는 것이며
그가 구원하신 대로 구원하는 것이며
그와 하루 24시간 내내 함께하는 것이며
비참한 모습을 한 그를 치료하는 일입니다.

A Gift for God

PRAYERS AND MEDITATIONS

Mother Teresa

of Calcutta

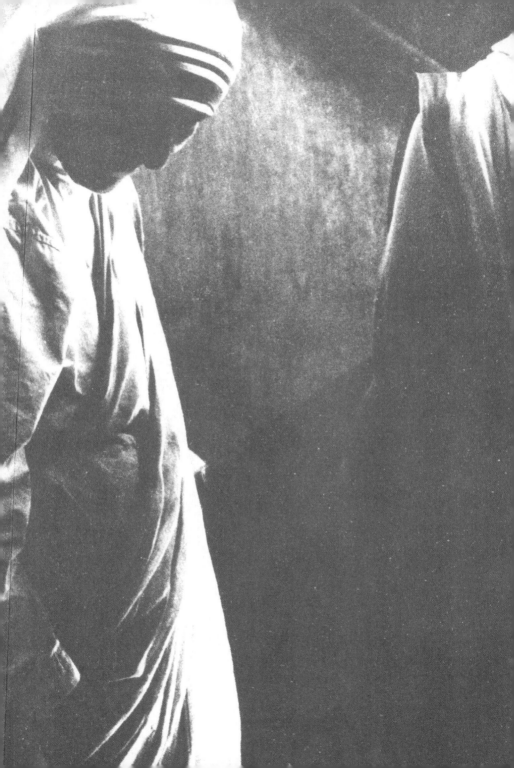

"I thirst."

John 19:28

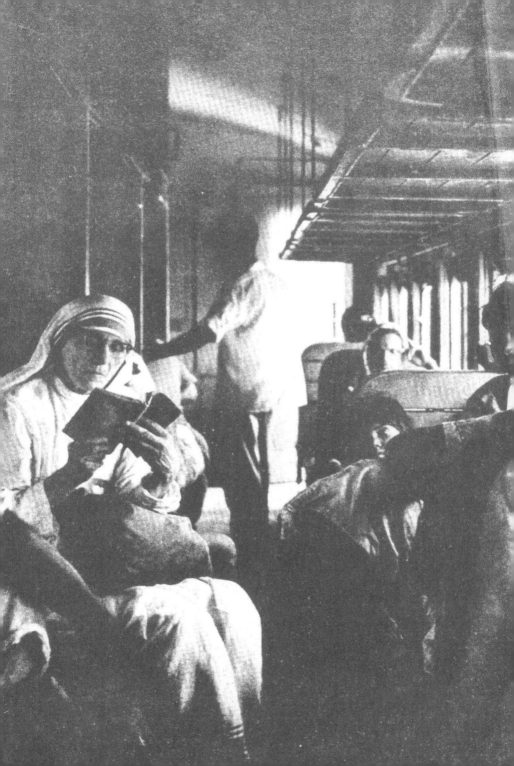

LOVE BEGINS AT HOME

I think the world today is up-side-down, and is suffering so much, because there is so very little love in the homes and in family life. We have no time for our children, we have no time for each other; there is no time to enjoy each other. If we could only bring back into our lives the life that Jesus, Mary, and Joseph lived in Nazareth, if we could make our homes anther Nazareth, I think that peace and joy would reign in the world.

�֍

Love begins at home; love lives in homes, and that is why there is so much suffering and so much unhappiness in the world today. If we listen to Jesus he will tell us what he said before: "Love one another, as I have loved you." He has loved us through suffering, dying on the Cross for us, and so if we are to love one another, if we are to bring that love into life again, we have to begin at home.

�֍

We must make our homes centers of compassion and forgive endlessly.

�֍

Everybody today seems to be in such a terrible rush, anxious for greater developments and greater riches and so on, so that children have very little time for their parents, Parents have very little time for each other, and in the home begins the disruption of the peace of the world.

✖

People who love each other fully and truly — they are the happiest people in the world, and we see that with our very poor people. They love their children, and they love their home. They may have very little, they may have nothing, but they are happy people.

✖

A living love hurts. Jesus, to prove his love for us, died on the Cross. The mother, to give birth to her child, has to suffer. If you really love one another properly, there must be sacrifice.

FAITH

I would disposed to renounce my life rather than my faith.

Faith is a gift of God. Without it there would be no life. And our work, to be fruitful, and to be all for God, and to be beautiful, has to be built on faith — faith in Christ, who has said, "I was hungry, I was naked, I was sick, and I was homeless, and you ministered to me." On these words of his all our work is based.

Faith is lacking because there is so much selfishness and so much gain only for self. But faith, to be true, has to be a giving love. Love and faith go together. They complete each other.

Today what is happening on the surface of the Church

will pass. For Christ, the Church is the same today, yesterday and tomorrow. The Apostles went through the same feelings of fear and distrust, failure and disloyalty, and yet Christ did not scold them — just "Little children, little faith, why did you fear?" I wish we could love as he did — *now*

❀

I think, dear friend, I understand you better now. I am afraid I could not answer to your deep suffering. I don't know why, but you to me are like Nicodemus, and I am sure the answer is the same — "Unless you become a little child ···." I am sure you will understand beautifully everything — if you would only become a little child in God's hands. Your longing for God is so deep, and yet he keeps himself away from you. He must be forcing himself to do so, because he loves you so much as to give Jesus to die for you and for me. Christ is longing to be your Food. Surrounded with fullness of living Food, you allow yourself to starve. The personal love Christ has for you is infinite — the small difficulty you have regarding the Church is

finite. Overcome the finite with the infinite. Christ created
you because he wanted you. I know what you feel — terri-
ble longing, with dark emptiness — and yet, he is the one
in love with you. I do not know if you have seen these few
lines before, but they fill and empty me:

My God, my God, what is a heart

That thou should'st so eye and woo,

Pouring upon it all thy heart

As if thou hadst nothing else to do?

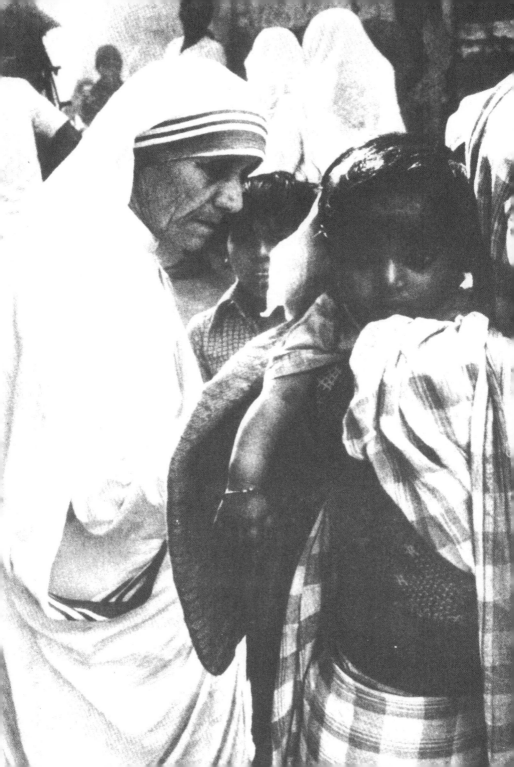

SUFFERING

Suffering is increasing in the world today. People are hungry for something more beautiful, for something greater than people round about can give. There is a great hunger for God in the world today. Everywhere there is much suffering, but there is also great hunger for God and love for each other.

❀

There is hunger for ordinary bread, and there is hunger for love, for kindness, for thoughtfulness; and this is the great poverty that makes people suffer so much.

❀

Suffering in itself is nothing; but suffering shared with Christ's passion is a wonderful gift. Man's most beautiful gift is that he can share in the passion of Christ. Yes, a gift and a sign of his love; because this is how his Father proved that he loved the world — by giving his Son to die for us.

�֍

And so in Christ it was proved that the greatest gift is love: because suffering was how he paid for sin.

✖

Without him we could do nothing. And it is at the alter that we meet our suffering poor. And in him that we see that suffering can become a means to greater love and greater generosity.

✖

Without our suffering, our work would just be social work, very good and helpful, but not the work of Jesus Christ, not part of the Redemption. Jesus wanted to help by sharing our life, our loneliness, our agony, our death. Only by being one with us has he redeemed us.

We are asked to do the same; all the desolation of the poor people, not only their material poverty, but their spiritual destitution, must be redeemed. And we must share it, for only by being one with them can we redeem them by bringing God into their lives and bringing them to God.

❋

Suffering, if it is accepted together, borne together, is joy.

❋

Amongst our Co-Workers we have sick and crippled people who very often cannot do anything to share in the work. So they adopt a Sister or a Brother, offering all their sufferings and all their prayers for that Brother or that Sister, who then involves the sick Co-Worker fully in whatever he or she does. The two become like one person, and they call each other their second self. I have a second self like this in Belgium, and when I was last there she said to me: "I am sure you are going to have a heavy time, with all the walking and working and talking. I know this from the pain I have in my spine, and the very painful operation which I shall shortly need to have." That is her seventeenth operation, and each time that I have something special to do, it is she behind me that gives me all the strength and courage to do what I have to do fulfill God's will. This is why I am able to do what I am doing;

as my second self, she does all the most difficult part of the work for me.

✕

My very dear suffering sisters and brothers, be assured that every one of us claims your love before the throne of God, and there every day we offer you, or rather offer each other, to Christ for souls. We, the Missionaries of Charity, how grateful we must be — you to suffer and we to work. We complete in each other what is lacking in our relationship with Christ. Your life of sacrifice is the chalice, or rather our vows are the chalice, and your suffering and our work are the wine — the spotless heart. We stand together holding the same chalice, and so are able to satiate his burning thirst for souls.

✕

I find the work much easier and I can smile more sincerely when I think of each one of my suffering brothers and sisters. Jesus needs you to keep pouring into the lamp of our life the oil of your love and sacrifice. You are really reliving the passion of Christ. Bruised, divided, full of pain and wounds as you are, accept Jesus as he comes into your life.

�֍

If sometimes our poor people have had to die of starvation, it is not because God didn't care for them, but because you and I didn't give, were not instruments of love in the hands of God, to give them that bread, to give them that clothing; because we did not recognize him, when once more Christ came in distressing disguise — in the hungry man, in the lonely man, in the homeless child, and seeking for shelter.

God has identified himself with the hungry, the sick, the naked, the homeless; hunger, not only for bread, but for love, for care, to be somebody to someone; nakedness, not of clothing only, but nakedness of that compassion that very few people give to the unknown; homelessness, not only just for a shelter made of stone, but that homelessness that comes from having no one to call your own.

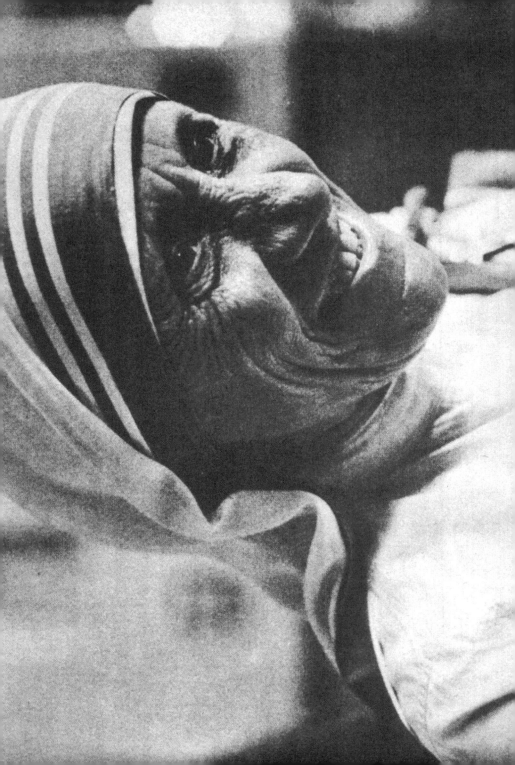

IMITATION OF CHRIST

My very dear children, let us love Jesus with our whole heart and soul. Keep smiling. Smile at Jesus in your suffering — for to be a real Missionary of Charity you must be a cheerful sufferer. How happy I am to have you all; you belong to me as much as every Sister belongs to me here. And often when the work is very hard I think of each one of you, and tell God: "Look at my suffering children, and for their love bless this work." The response is immediate. So you see, you are our treasure-house — the power-house of the Missionaries of Charity.

Because we cannot see Christ we cannot express our love to him; but our neighbors we can always see, and we can do for them what, if we saw him, we would like to do for Christ.

Today, the same Christ is in who are unwanted, un-employed, uncared for, hungry, naked, and homeless. they seem useless to the state and to society; nobody has time for them. It is you and I as Christians, worthy of the love of Christ if our love is true, who must find them, and help them; they are there for the finding.

❄

There is always the danger that we may just do the work for the sake of the work. This is where the respect and the love and the devotion come in — that we do it for God, for Christ, and that's why we try to do it as beautifully as possible.

❄

Christians stand as the light for the others⋯ for the people in the world. If we are Christians then we must be Christlike.

❄

If you learn this art of being thoughtful, you will become

more and more Christlike, for his heart was meek and he always thought of others. Thoughtfulness is the beginning of great sanctity. Our vocation, to be beautiful, must be full of thought for others. Jesus went about doing good. Our Lady in Cana only thought of the needs of others and made their needs known to Jesus.

✂

A Christan is a tabernacle of the living God. He created me, he chose me, he came to dwell in me, because he wanted me. Now that you have known how much God is in love with you, it is but natural that you spend the rest of your life radiating that love.

✂

To be a true Christan means the true acceptance of Christ, and the becoming of another Christ one to another. To love as we are loved, and as Christ has loved us from the Cross, we have to love each other and give to others.

✺

When Christ said: "I was hungry and you fed me," he didn't mean only the hunger for bread and for food; he also meant the hunger to be loved. Jesus himself experienced this loneliness. He came amongst his own and his own received him not, and it hurt him then and it has kept on hurting him. The same hunger, the same loneliness, the same having no one to be accepted by and to be loved and wanted by. Every human being in that case resembles Christ in his loneliness; and that is the hardest part, that's real hunger.

CARRIERS OF CHRIST'S LOVE

Let us from the beginning try to live the sprit of the Missionaries of Charity, which is one of total surrender to God, loving trust in each other, and cheerfulness with all. IF we really accept this spirit, then, for sure, we will be the true Co-Workers of Christ — the carriers of his love. This spirit must radiate from your own heart to your family, neighbor, town, country, the world. Let us more and more insist on raising funds of love, of kindness, of understanding, of peace. Money will come if we seek first the Kingdom of God; the rest will be given.

✄

I would rather make mistakes in kindness and compassion than work miracles in unkindness and hardness.

✄

We know that if really want to love we must learn how to forgive.

WE would not be able to understand and effectively help those who lack all, if we did not live like them, All gestures of love, however small they be, in favor of the poor and the unwanted, are important to Jesus.

Do not wait for leaders; do it alone, person to person.

As each Sister is to become a Co-Worker of Christ in the slums, each ought to understand what God and the Missionaries of Charity expect from her. Let Christ radiate and live his life in her and through her in the slums. Let the poor, seeing her, be drawn to Christ and invite him to enter their homes and their lives. Let the sick and suffering find in her a real angel of comfort and consolation. Let the little ones of the streets cling to her because she reminds them of him, the friend of the little ones.

⚜

Our life of poverty is as necessary as the work itself. only in heaven will we see how much we owe to the poor for helping us to love God better because of them.

⚜

Our lives are woven with Jesus in the Eucharist, and the faith and the love that come from the Eucharist enable us to see him in the distressing disguise of the poor, and so there is but one love of Jesus, as there is but one person in the poor — Jesus. We take vows of chastity to love Christ with undivided love; to be able to love him with undivided love we take a vow of poverty that frees us from all material possessions, and with that freedom we can love him with undivided love, and from this vow of undivided love we surrender ourselves totally to him in the person who takes his place. So our vow of obedience is another way of giving, of being loved. And the fourth vow that we take is to give wholehearted free service to the poorest of the poor. By this vow, we bind ourselves to be one of them, to depend solely on divine providence, to have nothing, yet possess all things in possessing Christ.

⚜

Let there be no pride or vanity in the work. The work is God's work, the poor are God's poor. Put yourself completely under the influence of Jesus, so that he may think his thoughts in your mind, do his work through your hands, for you will be all-powerful with him to strengthen you.

⚜

God is purity himself; nothing impure can come before him, but I don't think God can hate, because God is love and God loves us in spite of our misery and sinfulness. He is our loving Father and so we have only to turn to him. God cannot hate; God loves because he is love, but impurity is an obstacle to seeing God. This doesn't mean only the sin of impurity, but any attachment, anything that takes us away from God, anything that makes us less Christlike, any hatred, any uncharitableness is also impurity. If we are full of sin, God cannot fill us, because even God himself cannot fill what is full. That's why we need forgiveness to become empty, and then God fill us with himself.

✗

Make sure that you let God's grace work in your souls by accepting whatever he gives you, and giving him whatever he takes from you. True holiness consists in doing God's will with a smile.

✗

Co-Workers should give love in action. Our works of love are nothing but works of peace. Let us do them with greater love and efficiency, each in his or her own work, in daily life, at home, with one's neighbor.

✗

Keep giving Jesus to your people, not by words, but by your example, by your being in love with Jesus, by radiating his holiness and spreading his fragrance of love everywhere you go. Just keep the joy of Jesus as your strength.

Be happy and at peace. Accept whatever he gives — and give whatever he takes with a big smile. You belong to him. Tell him: "I am yours, and if you cut me to pieces, every single piece will be only all yours." Let Jesus be the victim and the priest in you.

�֎

Actually we are touching Christ's body in the poor. In the poor it is the hungry Christ that we are feeding, it the naked Christ that we are clothing, it is to the homeless Christ that we are giving shelter.

It is not just hunger for bread or the need of the naked fr clothes or of the homeless for a house made of bricks. even the rich are hungry for love, for being wanted, for having someone to call their own.

✖

Jesus Christ has said that we are much more important to his Father than the grass, the birds, the flowers of the earth; and so, if he takes such care of these things, how much more would he take care of his life in us. He cannot deceive us; because life is God's greatest gift to human beings. Since it is created in the image of God, it belongs to him; and we have no right to destroy it.

✼

We ourselves feel that what we are doing is just drop in the ocean. But if that drop was not in the ocean, I think the ocean would be less because of that missing drop. I do not agree with the big way of doing things. To us what matters is an individual. To get to love the person we must we must come in close contact with him. If we wait till we get the numbers, then we will be lost in the numbers. And we will never be able to show that love and respect for the person. I believe in person to person; every person is Christ for me, and since there is only one Jesus, that person is the one person in the world at that moment.

✼

Let us try more and more to make every Sister, Brother, and Co-Worker grow into the likeness of Christ, to allow him to live his life of compassion and humanity in the world of today. your love for Christ must be great. Keep the light of Christ always burning in your heart, for he alone is the Way to walk. He is the Life to live. He is the Love to love.

※

There is always the danger that we may become only social workers, or just do the work for the sake of the work. It is a danger if we forget to whom we are doing it. Our works are only an expression of our love for Christ. Our Hearts need to be full of love for him, and since we have to express that love in action, naturally then the poorest of the poor are the means of expressing our love for God… A Hindu gentleman said that they and we are doing social works, and the difference between them and us is that they are doing it for something, and we are doing it for Somebody.

This experience which we have by serving them, we must pass on to people who have not had that beautiful experience. it is one of the great rewards of our works.

�֍

If there are people who feel that God wants them to change the structures of society, that is something between them and their God. We must serve him in whatever way we are called. I am called to help the individual; to love each poor person. Not to deal with institutions. I am in no position to judge.

✖

Publicity I don't need. No, no, I do not need it. God's work has to be done in his own way; and he has his own and means of making our work known. See what has happened throughout the world and how the Sisters have been accepted in places where nobody ever knew anything about them. They have been accepted where many other people find it difficult to live or to be. So I think this is God himself proving that it is his work.

✖

Be kind and merciful. Let no ever come to you without leaving better and happier. Be the living expression of

God's kindness; kindness in your face, kindness in your eyes, kindness in your smile, kindness in your warm greeting. In the slums we are the light of God's kindness to the poor. To children, to the poor, to all who suffer and are lonely, give always a the happy smile. Give them not only your care, but also your heart.

�֍

A smile must always be on our lips for any child to whom we offer help, for any to whom we give companionship or medicine. It would be very wrong to offer only our curves; we must offer to all our heart. Government agencies accomplish many things in the field of assistance. We must offer something else: Christ's love.

✖

There should be less talk; a preaching point is not a meeting point. what do you do then? Take a broom and clean someone's house. That says enough.

�֍

All of us are but his instruments, who do our little bit
and pass by.

OUR LADY

Mary is the mother of God, mother of Jesus and our mother, mother of the Church.

※

She is the mother of the whole world because when the angel gave her the news, the good news, that she would become the mother of Christ, it was at that time, by accepting to become the handmaid of the Lord, that she accepted to be our mother also, for the whole of mankind. Mother Mary is the hope of mankind.

※

She has given us Jesus. By joyously becoming his mother she became the mediatress in the salvation of mankind.

※

At the foot of the Cross she became our mother also, because Jesus said when he was dying that he gave his mother to St. John and St. John to his mother. At that moment we became her children.

�֍

The most beautiful part of our Lady was that when Jesus came into her life, immediately, in haste, she went to St. Elizabeth's place to give Jesus to her and to her son. And we read in the Gospel that the child "leapt with joy" at this first contact with Christ.

✤

I think if Jesus was able to listen to our Lady, we should be able to listen to him also. At the Cross we find her sharing with Christ in his passion. Again and again she comes into our lives, into the life of the world, to bring joy and peace. to lead us back to God.

✤

I am only a small instrument in God's hand. Our Lord and our Lady gave all the glory to God the Father; like them, in a very, very small way, I want to give all the glory to God the Father.

＊

Let us ask our Lady to make our hearts "meek and humble" as her Son's was. It is so very easy to be proud and harsh and selfish — so easy; but we have been created for greater things. How much we can learn from our Lady! She was so humble because she was all for God. she was full of grace. Tell our Lady to tell Jesus: "They have no wine; they need the wine of humility and meekness, of kindness and sweetness." She is sure to tell us, "Do whatever he tells you."

RICHES

Let us not be satisfied with just giving money; money is not enough, for money one can get. The poor need our hands to serve them, they need our hearts to love them. The religion of Christ is love, the spreading of love.

✄

There must be a reason why some people can afford to live well. they must have worked for it. I only feel angry when I see waste. When I see people throwing away things that we could we could use.

✄

The trouble is that rich people, well-to-do people, very often don't really know who the poor are; and that is why we can forgive them, for knowledge can only lead to love, and love to service. And so, if they are not touched by the poor, it's because they do not know them.

❋

I try give to the poor people for love what the rich could get for money. No, I wouldn't touch a leper for a thousand pounds; yet I willingly cure him for the love of God.

A GEOGRAPHY OF COMPASSION

There is no great difference in reality between one country and another, because it is always people you meet everywhere. They may look different or be dressed differently, they may have a different education or position; but they are all the same. They are all people to be loved; they are all hungry for love.

�֍

I feel Indian to the most profound depths of my soul.

✖

The sari allows the Sisters to feel poor amongst the poor, to identify themselves with the sick, with the children, with the old and destitute. the Missionaries of Charity share, in their way of dressing, the way of life of the poorest in this world. Of course, India needs technicians, skilled men, economists, doctors, nurses, for her development. She needs plans and a general coordinated action. But how long would we have to wait for those plans to produce results? We do not know. Meanwhile, the people have to live, they have to be given food to eat, to be taken care of and dressed. Our field of action is the present India. While these needs continue, our work will continue.

We picked up a young man from the streets of Calcutta. He was very highly educated and had many degrees. He had fallen into bad hands and his passport stolen. After some time I asked him why he had left home. He said his father did not want him. "From childhood he never looked me in the eyes. He became jealous of me, so I left home." After much praying, the Sisters helped him to return home, to forgive his father, and this has helped both of them. This is a case of very great poverty.

Some weeks back I heard there was a family who had not eaten for some days — a Hindu family — so I took some rice and I went to the family. Before I knew where

I was, the mother of the family had divided the rice into two and she took the other half to the next-door neighbors, who happened to be a Moslem family. Then I asked her: "How much will all of you have to share? There are ten of you with that bit of rice." The mother replied: "They have not eaten either." This is greatness.

In Calcutta our Sisters and Brothers work for the poorest of the poor, who aren't wanted, aren't loved, are sick and die, for the lepers and the little children, but I can tell you I have never yet in these twenty-five years heard a poor person grumble or curse or feel miserable. I remember I picked up a person from the street who was nearly eaten up with maggots, and he said: "I have lived like an animal in the street but I am going to die like an angel, loved and cared for." And he did die like an angel — a very beautiful death.

A girl came from outside India to join the Missionaries

of Charity. We have a rule that the very next day new arrivals must go to the Home for the Dying. So I told this girl: "You saw Father during Holy Mass, with what love and care he touched Jesus in the Host. Do the same when you go to the Home for the Dying, because it is the same Jesus of our poor." And they went. After three hours the newcomer came back and said to me with a big smile — I have never seen a smile quite like that — "Mother, I have been touching the body of Christ for three hours." And I said to her: "How — what did you do?" She replied: "When we arrived there, they brought a man who had fallen into a drain, and been there fore some time. He was covered with wounds and dirt and maggots, and I cleaned him and I knew I was touching the body of Christ."

✂

Some people came to Calcutta, and before leaving, they begged me: "Tell us something that will help us to live our lives better." And I said: "Smile at each other; smile at your wife, smile at your husband, smile at your children, smile at each other — it doesn't matter who it is — and that will help you to grow up in greater love for each other." And then one of them asked me: "Are you married?" and I said: "Yes, and I find it difficult sometimes to smile at Jesus." And it is true, Jesus can be very demanding also, and it is at those times when he is so demanding that to give him a big smile is very beautiful.

�֍

Visiting our houses in India, I have a beautiful time with Jesus in the train.

✖

The suffering in the refugee camps is great. It all looks like one big Calvary, where Christ is crucified once more. Help is needed, but unless there is forgiveness, there will be no peace, and this also true in Belfast and other strife-ridden places.

✖

We have a home for homeless alcoholics in Melbourne, and one of the men was very badly hurt by another. I thought that this would be a case for the police, so we sent for them. A policeman came and asked this gentleman: "Who did that to you?" The man started telling all kinds of lies. but he wouldn't tell the truth; he wouldn't give the name. Then the policeman had to go away without doing anything. We asked the man: "Why did you not tell the police who did that to you?" And he looked at me and he said: "His suffering is not going to lessen my suffering." He hid the name of his brother to save him from suffering. How beautiful and how great is the love of our people, and this a continual miracle of love that spreads amongst our poor people.

�֎

In a place in Melbourne I visited an old man who nobody seemed to know existed. I saw his room; it was in a terrible state. I wanted to clean it, but he kept on saying: "I'm all right." I didn't say a word, yet in the end he allowed me to clean his room.

There was in that room a beautiful lamp, covered for many years with dirt. I asked him: "Why do you not light the lamp?" "For whom?" he said. "No one comes to me; I do not need the lamp." I asked him: "Will you light the lamp if a Sister comes to see you?" He said: "Yes, if I hear a human voice, I will do it." The other day he sent me a word: "Tell my friend that the light she has lighted in my life is still burning."

�֍

Some months back a man who had been beaten up was picked up from the streets of Melbourne. He was an alcoholic who had been for years in that state, and the Sisters took him to their Home of Compassion. From the way they touched him, the way they took care of him, suddenly it was clear to him: "God loves me!" He left the home and never touched alcohol again, and went back to his family, to his children, to his job. Later, when he got his first salary, he came to the Sisters and gave them the money, saying: "I want you to be for others the love of God, as you have been to me."

The Sisters are doing the small things in New York — helping the children, visiting the lonely, the sick, the unwanted. We know now that being unwanted is the greatest disease of all. That is the poverty we find around us here. In one of the house where the Sisters visit, a woman living alone was dead many days before she was found, and she was found because her body had begun to decompose. The people around her did not know her name. When someone told me that the Sisters had not started any big work, that they were doing small things quietly, I said that even if they helped only one person, that was all right; Jesus would have died for one person, for one sinner.

The Minister of the Imperial Court in Addis Ababa asked a few searching question:

"What do you want from the Government?"

"Nothing, I have only come to offer my Sisters to work among the poor suffering people."

"What will your Sisters do?"

"We give wholehearted free service to the poorest of the poor."

"What qualifications do they have?"

"We try to bring tender love and compassion to the unwanted, to the unloved."

"Do you preach to the people, trying to convert them?"

"Our works of love reveal to the suffering poor the love of God for them."

※

"You have a welfare state in England, but I have walked at night and gone into your homes and found people dying unloved. Here you have a different kind of poverty — a poverty of the spirit, of loneliness, and of being unwanted. And that is the worst disease in the world today, not tuberculosis or leprosy. I think England needs more and more for the people to know who the poor are. People in England should give their hearts to love the poor, and also their hands to serve them. And they cannot do that unless they know them, and knowledge will lead them to love, and love to service.

※

In England and other places, in Calcutta, in Melbourne, in New York, we find lonely people who are known by the number of their room. Why are we not there? Do we really know that there are some people, maybe next-door to us? Maybe there is a blind man who would be happy if you would read the newspaper for him; maybe there is a rich person who has no one to visit him — he has plenty of other things, he nearly drowned in them, but there is not that touch and he needs your touch. Some time back a very rich man came to our place, and he said to me: "Please, either you or somebody, come to my house. I am nearly half-blind and my wife is nearly mental; our children have all gone abroad, and we are dying of loneliness, we are longing for the loving sound of a human voice."

Let us be satisfied with just giving money. Money is not enough, money can be got, but they need your hearts to love them. So, spread love everywhere you go: first of all in your own home. Give love to your children, to your wife or husband, to a next-door neighbor.

✂

You ask how I should see the task of the Missionaries of charity if I were a religious sister or priest in Surrey or Sussex. Well, the task of the Church in such places is much more difficult than what we face in Calcutta, Yemen, or anywhere else, where all the people need is dressing for their wounds, a bowl of rice and a "cuddle," with someone telling them they are loved and wanted. In Surrey and Sussex the problems of your people are deep down, at the bottom of their hearts. They have to come to know you and trust you, to see you as a person with Christ's compassion and love, before their problems will emerge and you can help them. This takes a lot of time! Time for you to be people of prayer and time to give of yourself to each one of your people.

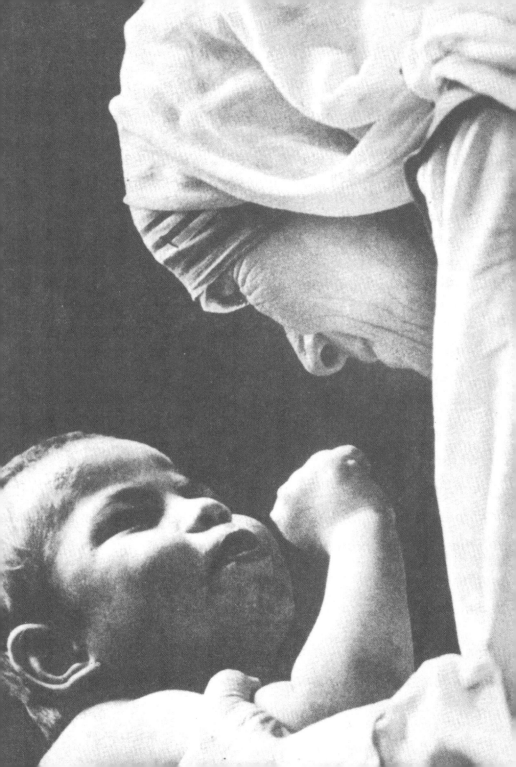

WILLING SLAVES TO THE WILL OF GOD

"Thou shalt love the Lord thy God with thy whole heart, with thy whole soul, and with thy whole mind." This is the commandment of the great God, and he cannot command the impossible. Love is a fruit in season at all times, and within reach of every hand. Anyone may gather it and no limit is set. Everyone can reach this love through meditation, sprit of prayer, and sacrifice, by an intense inner life.

※

There is no limit, because God is love and love is God, and so you are really in love with God. And then, God's love is infinite. But part is to love and to give until it hurts. And that's why it's not ho much you do, but how much love you put into the action. How much love we put in our presents. That's why people — maybe they are very rich people — who have not got a capacity to give and to receive love are the poorest of the poor. And I think this is what our Sisters have got — the spreading of joy that you see in many religious people who have given themselves without reserve to God.

✼

Our work is the expression of the love we have for God. We have to pour our love on someone, and the people are the means of expressing our love for God.

✼

We need to find God, and he cannot be found in noise and restlessness. God is the friend of silence. See how nature — trees, flowers, grass — grows in silence; see the stars, the moon, and the sun, how they move in silence. Is not our mission to give God to the poor in the slums? Not a dead God, but a living, loving God. The more we receive in silent prayer, the more we can give in our active life. We need silence to be able to touch souls. The essential thing is not what we say, but what God says to us and through us. All our words will be useless unless they come from within; words that do not give the light of Christ increase the darkness.

To show great love for God and our neighbor we need not do great things. It is how much love we put in the doing that makes our offering Something Beautiful for God.

The great hindrance to us in our work is that we are not yet saints; that we cannot spread to the full the love of Christ. That is what distresses us most when we travel.

St. Teresa of Avila? Oh no! I haven't called myself after the big Teresa, but after the little one, Teresa of Lisieux.

Our progress in holiness depends on God and ourselves — on God's grace and on our will to be holy. We must have a real living determination to reach holiness. "I will be a saint" means I will despoil myself of all that is not God; I will strip my heart of all created things; I will live in poverty and detachment; I will renounce my will, my inclinations, my whims and fancies, and make myself a willing slave to the will of God.

LOVE TO PRAY

Make us worthy, Lord, to serve our fellowmen throughout the world who live and die in poverty and hunger. Give them, through our hands, this day their daily bread, and by our understanding love, give peace and joy.

Dearest Lord, may I see you today and every day in the person of your sick, and, whilst nursing them, minister unto you. Though you hide yourself behind the unattractive disguise of the irritable, the exacting, the unreasonable, may I still recognize you, and say: "Jesus, my patient, how sweet it is to serve you."

Lord, give me this seeing faith; then my work will never be monotonous. I will ever find joy in humoring the fancies and gratifying the wishes of all poor sufferers.

✳

O beloved sick, how doubly dear you are to me when you personify Christ; and what a privilege is mine to be allowed to tend you.

✳

Sweetest Lord, make me appreciative of the dignity of my high vocation, and its many responsibilities. Never permit me to disgrace it by giving way to coldness, un-kindness, or impatience.

✳

And, O God, while you are Jesus, my patient, deign also to be to me a patient Jesus, bearing with my faults, look-ing only to my intention, which is to love and serve you in the person of each of your sick. Lord, increase my faith, bless my efforts and work, now and forevermore.

✳

Lord, help us to see in your crucifixion and resurrection an example of how to endure and seemingly to die in the agony and conflict of daily life, so that we may live more fully and creatively. You accepted patiently and humbly the rebuffs of human life, as well as the tortures of your crucifixion and passion. Help us to accept the pains and conflicts that come to us each day as opportunities to grow as people and become more like you. Enable us to go through them patiently and bravely, trusting that you will support us. Make us realize that it is only by frequent deaths of ourselves and our self-centered desires that we can come to live more fully; for it is only by dying with you that we can rise with you.

�֎

It is not possible to engage in the direct apostolate without being a soul of prayer. We must be aware of oneness with Christ, as he was aware of oneness with his Father. Our Activity is truly apostolic only insofar as we permit him to work in us and through us with his power, with his desire, with his love.

We must become holy, not because we want to feel holy, but because Christ must be able to feel live life fully in us. We are to all love, all faith, all purity, for the sake of the poor we serve. And once we have learned to seek God and his will, our contacts with the poor will become the means of great sanctity to ourselves and to others.

Love to pray. Feel often during the day the need for prayer, and take trouble to pray. Prayer enlarges the heart until it is capable of containing God's gift of himself. Ask and seek, and your heart will grow big enough to receive him and keep him as your own.

Let us all become a true and fruitful branch on the vine Jesus, by accepting him in our lives as it pleases him to come:

as the Truth — to be told;
as the Life — to be lived;

as the Light — to be lighted;

as the Love — to be loved;

as the Way — to be walked;

as the Joy — to be given;

as the Peace — to be spread;

as the Sacrifice — to be offered;

in our families and our neighbors.

�֍

In Holy Communion we have Christ under the appearance of bread. In our work we find him under the appearance of flesh and blood. It is the same Christ.

✖

The Mass is the spiritual food that sustains me, without which I could not get through one single day or hour in my life; in the Mass we have Jesus in the appearance of bread, while in the slums we see Christ and touch him in the broken bodies, in the abandoned children.

JOY

Jor is prayer; joy is strength; joy is love; joy is a net of love by which you can catch souls. God loves a cheerful giver. She gives most who gives with joy. The best way to show our gratitude to God and the people is to accept everything with joy. A joyful heart is the inevitable result of a heart burning with love. Never let anything so fill you with sorrow as to make you forget the joy of the Christ risen.

We all long for heaven where God is, but we have it in our power to be in heaven with him right now — to be with him at this very moment. But being happy with him now means.

loving as he loves,

helping as he helps,

giving as he gives,

serving as he serves,

rescuing as he rescues,

being with him for all the twenty-four hours,

touching him in his distressing disguise.

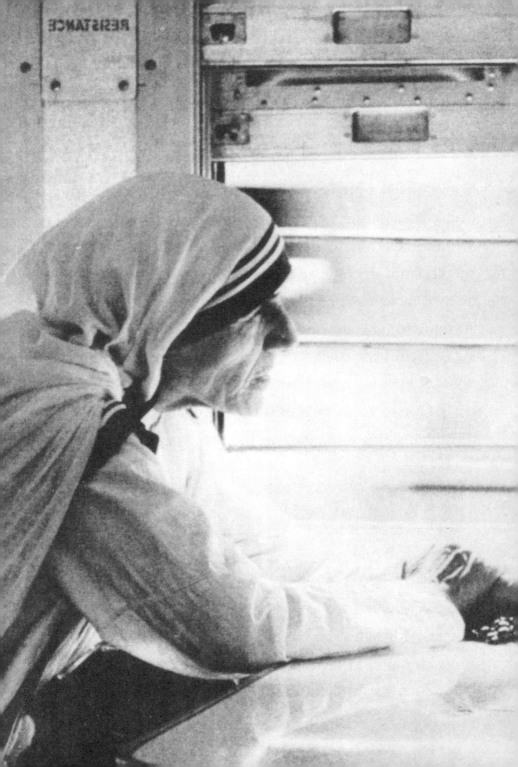

NO SLUMS IN HEAVEN

An Introduction
by Malcolm Muggeridge

This selection from the sayings, prayers, meditations, letters, and addresses of Mother Teresa will, it is hoped, serve to convey their style and flavor, as well as provide an acceptable manual of devotion for her admirers and followers. She is normally economical of words — as indeed, of almost everything else except love and the worship of God — but when she uses them, whether spoken or written, they invariably come from the heart and are characteristically her own. She never, as far as is known, prepares beforehand what she proposes to say; apart, of course, from going to the chapel, where everything is prepared. once, when she was waiting for a London bus, she was given a violets by a flower-seller who remembered seeing her on a TV program. She told me about this, adding: "We must give the flowers to Him." So I accompanied her to the chapel to lay them on the altar. It was one of those unforgettably exquisite incidents that buoy one up in this troubled world.

The force of her words is very great, as has been shown again before all sorts of audiences, from the most sophisticated to her own poorest of the poor. She makes no concession in the way of adjusting content or idiom to the ostensible IQ of her hearers; the message is always the same, yet always fresh and striking. Truth, in her shining version, can never be repetitive or banal, as its poor moralizing or pedantic image so often is. It is still remembered in Canada how, appearing on a TV program with Jacques Monod and Jean Vanier, she sat with her head seemingly bowed in prayer while the famous French molecular biologist and Nobel prize-winner animadverted upon how the whole future destiny of the human race is inexorably locked up in our genus. When pressed by the compère for her views, she simply lifted up her head and remarked: "I believe in love and compassion," then resumed her devotions. Her intervention, reinforcing. Jean Vanier's powerful Christian testimony, was somehow decisive, and Professor Monod was afterwards heard saying that a little more of the same treatment and his sound atheistic position might be jeopardized.

On another occasion Mother Teresa made an appearance on one of those morning shows that help Americans to munch their breakfast cereal and swallow their coffee. It was the first time she had been in a New York TV studio, so she was unprepared for the constant interruptions for commercials. Also, the colors on the monitor screen, with her interlocutor appearing to have green hair, a mauve nose, and a drooping pink moustache, took her by surprise. As it happened, that particular morning the commercials were all about different varieties of packaged bread and other foods, commended to viewers as being nonfattening and nonnourishing. It took some little time for the irony to strike home, Mother Teresa's own constant preoccupation being, of course, to find the wherewithal to nourish the starving and put some flesh on human skeletons. When it did, she was heard to remark in a quiet but perfectly audible voice: "I see that Christ is needed in television studies." It was an unprecedented occurrence; a word of truth had been spoken in on of the mills of fantasy where the great twentieth-century myth of happiness successfully pursued is fabricated. A sudden silence descended on the studio, and it seemed as though the lights must go out and the floor-manager be struck dumb. Actually, as the commercials were still running, Mother Teresa was not on the air, and the impact of her interruption was soon spent. All the same, it surely rated a mention in the Book of life, if not in the *New York Times.*

It is in her letters that the laughter which, with Mother Teresa, is never far away domes over most clearly — those letters, so wonderfully beautiful and wonderfully funny, that she writes late at night, or in trains and airplanes, always in her own hand and on the cheapest possible notepaper. One of the reasons that she so loves the poor is, I feel sure, that they laugh more than the rich, who are prone to excessive solemnity. Likewise power-maniacs of every stamp, who not only refrain from laughter themselves but hold it in abhorrence, like Shakespeare's King John finding it a passion hateful to their purposes. Not so Mother Teresa, who finds laughter very conducive to hers. A smiling face, she insists, is an integral part of Christian love, and her Missionaries of Charity are induced to make their houses ring with laughter as St. Francis and his friars laughed their way up and down the highways of the medieval word. In every saint there is a clown, and vice versa. What are saints, after all, but transcendental clowns, who, when the gates of heaven swing open, hear, mixed with the celestial music, celestial laughter? At the heart of the universe they find a mystery that is also a joke.

Thus, in a letter from Calcutta, Mother Teresa recalls how, in the early days or her work there, she was stricken with a high fever. "In that delirium," she writes, "I went to St. Peter, but he would not let me in, saying: 'There are no slums in let me heaven.' In my anger I said: 'Very well, I will fill heaven with slum people, then you will be forced to let me in.' Poor St. Peter! Since then the Sisters and Brothers don't give him rest, and he has to be so careful because our people have reserved their places in heaven long ago by their suffering. At the end they only had to get a ticket for St. Peter. All those thousands who have died with us have been given the joy of a ticket for St. Peter."

To a friend who is sorely ill and has asked for her prayers, she writes: "Your name is up on the wall, and the whole house will pray for you, including me. St. Peter will be surprised at the avalanche of prayer for you, and will, I am sure, make you well soon. Maybe, though, you are ready to go 'home' to God. If so, he will be very happy to open the 'door' for you and let you in for all eternity." Then, in her inimitable way, she adds: "If you go 'home' before me, give Jesus and his mother my love."

Again, apropos the opening of a Missionaries of Charity house in Lucknow, she writes: "You will be pleased to know that the heat this year has been really hot, so our Lucknow house was really founded on Burning Love. It is good to burn with the heat of God outside since we don't burn with the heat of God in our hearts⋯ In Lucknow we get for our dwelling-place an old English cemetery, so if the Sisters start singing English songs at night you will know where it is coming from." As it happens, Mother Teresa brought a party of Sisters to visit my home, and while there they sang some English songs very sweetly, but they did not come, I swear, from the old Lucknow cemetery. I think I know where they came from, and trust that the following pages may contain echoes of the same singing and the same laughter that accompanied it.